दिल्ली रिटर्न

मनीष ओझा

दिल्ली रिटर्न

कहानी संग्रह

मनीष ओझा

अंजुमन प्रकाशन
इलाहाबाद

ISBN - 9789386027368

आवरण व कम्प्यूटर कम्पोजिंग : श्री कम्प्यूटर्स

प्रकाशक :
अंजुमन प्रकाशन
942, मुट्ठीगंज, इलाहाबाद-3 उत्तर प्रदेश, भारत

संस्करण : प्रथम, 2017

Published By : ANJUMAN PRAKASHAN
website - anjumanpublication.com
E-mail : anjumanprakashan@gmail.com

- समर्पण -

यह पुस्तक मेरी नानी जी

श्रीमती राम देवी

को समर्पित है।

भूमिका

इस दुनिया में कोई भी व्यक्ति ऐसा नहीं जिसके जीवन में कोई न कोई कहानी न हो! इसीलिए तो हम सभी बचपन से ही कहानियां सुनते आये हैं। आज के युग में इंसान की ज़िन्दगी में इतनी उथल-पुथल है कि इंसान खुद के लिए वक़्त बमुश्किल ही निकाल पाता है। कोशिश करके यदि इंसान वक़्त निकाल भी लेता है तो वह ऐसा माध्यम ढूंढ़ता है जो उसे सुकून दे सके। ऐसे में कहानियाँ इंसान के लिए यह माध्यम बन जाती हैं। बिना कोई भाषण दिए कई बार कहानियां हल्के शब्दों में ही पात्रों के माध्यम से पाठकों को इतनी बड़ी बात कह जाती हैं कि इंसान की ज़िन्दगी तक बदल जाती है। ऐसे ही यह भी एक कहानी संग्रह है, जिसका नाम है "दिल्ली रिटर्न"। दिल्ली रिटर्न इस कहानी संग्रह की एक कहानी है जिसमें, कहानी का नायक अपने भविष्य को तलाशते हुए दिल्ली तक पहुँचता है वहां संघर्ष करता है पर वहां उसके साथ कुछ ऐसा होता है कि उसे मजबूरन शहर छोड़ना पड़ता है। जब वह दिल्ली से लौटकर अपने पूर्व स्थान पर आता है तब लोग उसे दिल्ली रिटर्न कहकर ताने मारने लगते हैं। इसी को आधार बनाकर यह कहानी लिखी गयी है।

मनीष ओझा "बिट्टू" को मैं करीब से जानती हूँ। बिट्टू की कहानियाँ आम बोलचाल की भाषा के साथ हम सब की कहानी छुपाये हुए अपने पात्रों के माध्यम से दुनिया के कई रंग दिखा जाती हैं। जहाँ तक इनकी कहानियों को सुनने का मेरा अनुभव है तो मैं यही कहूँगी कि बिट्टू की हर कहानी नयी और रोचक है और अनंतकाल तक अपने रोचकता और नयेपन को बनाये रखने की क्षमता रखती हैं। इनकी हर

कहानी के रचित होने की मैं गवाह रही हूँ क्यूंकि सौभाग्य से मैं ही इनकी हर कहानी की पहली श्रोता रही हूँ। श्रोता इसलिए क्योंकि कहानी रचने के बाद बिट्टू मुझे फ़ोन पर कहानी सुनाते थे, और कहानी सुनते हुए मैं अवाक् रह जाती थी कि इनकी हर कहानी एकदम अलग होती है। सुनते वक़्त मैं कई बार कोशिश करती कि मैं कहानी के क्लाइमेक्स को बता दूंगी पर ऐसा मैं एक बार भी न कर सकी। बिट्टू ने अपनी लिखी कहानियों में सच्चाई को आधार बनाकर ही कल्पना का सहारा लिया है, कोरी कल्पना इनकी कहानियों से कोसों दूर रहती हैं। उम्मीद करती हूँ आपको यह कहानी संग्रह बहुत पसंद आएगा और आप सभी का स्नेह बिट्टू पर जमकर बरसेगा।

- चेतना

आभार

भगवान् तो सबका साथी होता है। इसके अलावा भी जीवन में हर व्यक्ति को किसी न किसी का साथ ज़रूर मिलता है। मैं इस मामले में थोड़ा अधिक सौभाग्यशाली रहा हूँ। मेरे इस कहानी-संग्रह को प्रकाशित करवाने में कई लोगों का हाथ रहा है। सर्वप्रथम मेरे परम पूज्य दादा जी स्व. गंगा प्रसाद ओझा एवं उनके बड़े भाई स्व. ननकऊ ओझा, जिन्होंने मेरे कुटुंब में शिक्षा की नींव रखी; जिसके बगैर किसी भी प्रकार से इस संग्रह की कल्पना करना भी असंभव था। मैं अपने पिता श्री जगदीश प्रसाद ओझा एवं माता श्रीमती सरस्वती देवी के आशीर्वाद के बगैर कुछ भी नहीं हूँ। मेरी ज़िन्दगी में उत्साह और साहस का रंग भरने के लिये हमेशा मेरे चाचा-चाची का बहुत बड़ा योगदान रहा है। मेरे नाना नानी का भी मेरे जीवन को संवारने में महत्त्वपूर्ण योगदान रहा है। मेरे भाइयों एवं बहनों के योगदान के बगैर तो मैं कभी भी यह पुस्तक आप सभी के समक्ष ला ही नहीं पाता और मेरे मित्रों की तो बात ही निराली है। मेरे मित्रों की फेहरिस्त बड़ी लम्बी है और सबका साथ मिला है इसलिए नाम गिना पाना असंभव है। अपने मित्रों की सहायता से ही मैं अपने लेखन को पुस्तक रूप दे सका हूँ। शीर्षक निर्धारण में मित्र अतुल ''अकेला'' का विशेष आभारी हूँ। अंत में उन सभी लोगों का बहुत बहुत आभार जिन्होंने मुझे प्यार और स्नेह से सींचा है। जिसमें मेरे गुरु श्री हरिमोहन श्रीवास्तव, श्री कमल प्रूथी (स्टोरी टेलर), डॉ. अतुल मिश्र (ब्रम्ह, आई. ए. एस.) मेरे प्यारे फूफा श्री धनञ्जय तिवारी (पत्रकार), मेरी बुआ श्रीमती निशा तिवारी तथा मेरे अंकल श्री वीर विक्रम सिंह एवं मेरी दादी सिंधोरा देवी एवं चाचा श्री रिंकू और पिंटू का नाम प्रमुख है।

- मनीष ओझा

अनुक्रम

1

सैलाब

अत्तू विश्वविद्यालय परिसर में बैठकर, हमेशा अपने दोस्तों से कहानियाँ सुना करता था। उन कहानियों में अधिकांशतः प्रेम कहानी ही होती थी। कहानियों के बीच जब कोई अत्तू से उसकी प्रेम कहानी के बारे में पूछता तो कहता "अरे भाई! अभी तो हमारी प्रेम कहानी शुरू ही नहीं हुई लेकिन जिस दिन मैं प्रेम करूँगा प्रेम-ग्रंथ लिखा जाएगा, हमारे ऊपर... अरे मजाक कर रहा हूं, सीरियस मत हो जाना। मुझे ऐसी बकवास बातों में कोई दिलचस्पी नहीं।"

अत्तू के बारे में सबको पता था कि वह पिछले साल से अपनी मनोविज्ञान वाली मैम को पसंद करता था। एक साल से अत्तू मैम का दीवाना था। मैम का नाम जैसमीन था, वह उन्तीस वर्ष की खूबसूरत महिला थीं। उनकी काया-कल्प ऐसा कि वह 23-24 वर्ष से अधिक नहीं लगतीं। क्लास में जब लेक्चर देतीं तो इतने सलीके से एक-एक शब्द चुन कर अपने मुंह से निकालतीं कि क्लास के समस्त छात्र-छात्राएं मैम के हिलते हुए होठ को देखते रहते। कभी बोर्ड पर कुछ लिखने के लिए मार्कर उठाकर बोर्ड की तरफ मुड़तीं तो नितम्ब तक लटकते उनके काले बालों की चोटी को देख कर छात्राएं भी शरमा सी जातीं।

अत्तू हमेशा जैसमीन मैम की क्लास में सबसे आगे बैठता था उनका पढ़ाया गया हर एक अध्याय उसकी ज़ुबान पर होता। मित्रों से वह हमेशा कहा करता "तुम लोग क्या निहारोगे मैम को, तुम्हें खूबसूरती निहारना आता ही नहीं, मुझे देखो, मुझे मैम के हर एक शब्द को बोलने के लिए हुई उनकी लिप-मूवमेंट तक याद है। अत्तू विश्वविद्यालय के सबसे होनहार छात्रों में दूसरे-तीसरे स्थान पर आता था। एक साल तक उसका सिर्फ़ एक ही काम होता था, जब मैम अपनी स्कूटी से विश्वविद्यालय आतीं और स्टैण्ड पर स्कूटी खड़ी करने जातीं तो वहाँ अत्तू किसी न किसी से बात करने के बहाने खड़ा ही मिलता। दीवानगी तो ऐसी थी कि स्टैंड पर काम करने वाले हर कर्मचारी को पता था कि जैसमीन मैम, अत्तू भाई की चाहत हैं। इसलिए मैम के पहुँचते ही कोई न कोई कर्मचारी मैम से स्कूटी ले लेता; स्टैंड पर लगा कर चाभी मैम को दे देता। यह तकलीफ़ न देने की व्यवस्था, पूरे विश्वविद्यालय में सिर्फ़ जैसमीन मैम के लिए ही थी। शुरूआत के कुछ दिनों को छोड़ दिया जाए तो बाद में अत्तू के इस तरह खड़े रहने से मैम को कुछ-कुछ संदेह होने लगा था। इसलिए मैम अत्तू से कम से कम बोलती थीं।

दो साल बीत गए। अभी तक अत्तू ने प्रत्यक्षतः मैम से अपनी चाहत का ऐलान नहीं किया। मैम भी अत्तू से दूरी बना कर रखती थीं लेकिन कहीं न कहीं हृदय के किसी कोने में अत्तू पहुँच ज़रूर गया था। तभी तो क्लास में पहुंचते ही मैम की सबसे पहले नज़र अत्तू पर ही जाती; फ़िर खुद से ही डरते हुए मैम अपनी नज़र पूरे क्लास में दौड़ा देतीं।

एक बार जब मैम को डेंगू के कारण तेज़ बुखार हुआ था और मैम अस्पताल में भर्ती हो गई थीं, उस वक़्त जितने दिनों तक मैम अस्पताल में रही थीं, उतने दिनों तक अत्तू ने वहीं चक्कर काटा था। ख़ून देने से लेकर हर सेवा में वह हाज़िर रहा था। मैम के सामने तो नहीं आता था, लेकिन छुपकर मैम को ज़रूर देखा करता था। जब मैम को अस्पताल से छुट्टी मिली थी, तब जाकर दस दिनों के बाद अपने घर गया था। इस बात से चिढ़ते हुए ज्ञानू सर ने, उसे पढ़ाई को लेकर बहुत फ़टकार लगाई थी। ज्ञानू सर ने जैसमीन मैम से विवाह के बहुत से रंगीन सपने पाल लिए थे, इसलिए उन्हें विश्वविद्यालय में सिर्फ़ एक लड़का अवरोध मालूम पड़ता था। वह लड़का था, अत्तू। क्योंकि अत्तू की दीवानगी

दुनिया से अलग किस्म की थी। वह दीवानगी ही क्या जिसके दीवाने में कुछ भी कर गुज़रने का सामर्थ्य न हो जाए। अत्तू ने उस वर्ष पूरे विश्वविद्यालय में टॉप किया था। वह अब दीवाना अत्तू ही नहीं बल्कि विश्वविद्यालय का "गोल्ड मेडलिस्ट अतुल" हो गया था। उसके इस क़दर दीवानगी से जैसमीन मैम खुद को रोक न सकीं और एक दिन कैफ़ेटेरिया में बुलाकर अतुल के दोस्तों के सामने उन्होंने अपने दिल की बात बता दी थी। फ़िर क्या था, पूरे विश्वविद्यालय में हल्ला हो गया था कि जैसमीन मैम अब अकेली नहीं रहीं, उन्हें उनका हमसफ़र मिल गया और वह भी सौभाग्य से जैसमीन मैम से सात साल छोटा। इस बात पर जब भी कभी जैसमीन मैम से सवाल किया जाता तो वह बड़ा सुन्दर सा दार्शनिक जवाब देकर सबका मुँह बंद करा देती थीं। ज्ञानू सर के ज्यादा उछलने पर, रास्ते में रोककर अत्तू ने ज्ञानू सर के गाल पर पांच-छः तमाचा जड़ा और ऐसा समझाया था कि ज्ञानू सर के होश ठिकाने आ गए थे। तब से लेकर फ़ाइनल इयर तक इन दोनों की जोड़ी के बीच कोई नहीं आया। दोनों ने प्रेम की अदभुत मिसाल पेश कर दी थी।

अत्तू के फ़ाइनल इयर के बाद अत्तू ने मुंबई जाने का फैसला किया इसलिए मैम ने भी मुम्बई के किसी विश्वविद्यालय में पढ़ाने के लिए अर्जी दे दी थी। अत्तू वहां पटकथा लेख़क बनने जाना चाहता था। उन दिनों अत्तू के पिताश्री ने ऐसी हठधर्मिता का परिचय दिया क़ि अत्तू को मुम्बई जाने के फ़ैसले को दो वर्ष के लिए स्थगित करना पड़ा था। मैम की अर्जी विश्वविद्यालय में स्वीकार हो गयी थी, सो मैम को मुम्बई जाना पड़ा था।

जब मैम मुम्बई जा रही थीं, उन्हें अत्तू के साथ और भी कई सारे लड़के लडकियां ट्रेन पर बैठाने आये थे। ट्रेन में बैठी मैम को बाहर खिड़की से देखता हुआ अत्तू, ट्रेन चल देने पर कुछ दूर प्लेटफ़ॉर्म पर ट्रेन की गति के साथ दौड़ता रहा था। दोनों का हाथ छूटा तो बरबस ही आँखे छलछला उठीं।

मुम्बई पहुँचे मैम को कुछ महीने हो गये थे। अत्तू से मैम की बराबर बात होती थी। हर रात बात के दौरान दोनों मिलने की कामना करते। मैम ने सुचारु रुप से अध्यापन शुरु कर दिया था। अत्तू भी एम.ए. सायकोलॉजी में प्रवेश प्राप्त कर

अध्ययनरत था। बात करते-करते एक रात दोनों में ज्ञानू सर को लेकर झगड़ा होने लगा। अत्तू का कहना था कि वह ज्ञानू से क्यों बात करती हैं। तभी मैम ने कह दिया कि वह अत्तू से बात करती है, इसका मतलब अत्तू को यह नहीं समझना चाहिए कि वह उन्हीं लोगों से बात करेगी जिससे अत्तू चाहेगा। यह वाक्य सुनकर अत्तू को बहुत क्रोध आया था और अत्तू ने अपना फ़ोन ज़ोर से दीवार पर फेंक दिया था।

फ़ोन ख़राब हो जाने की वजह से दस दिन तक उन लोगों की बात नहीं हुई थी। अत्तू भी नाराज़ था इसलिए उसने फ़ोन बनवाया नहीं और जैसमीन भी नाराज़ थीं इसलिए उन्होंने संपर्क करने की कोशिश की नहीं। दस दिन बाद जब अत्तू ने फ़ोन बनवाया तब उसने पहले जैसमीन को कॉल लगायी। पूरी घंटी बजने के बाद भी जैसमीन ने फ़ोन नहीं उठाया था। वह पूरे दिन बार बार फ़ोन लगाता रहा लेकिन जैसमीन ने एक बार भी फ़ोन नहीं उठाया।

उसी रात अत्तू ने मुंबई के लिए ट्रेन पकड़ ली थी। छत्तीस घंटे का सफ़र तय करके अत्तू, जैसमीन के पते पर पहुंचा तो पता चला कि वह पिछले पांच दिन से कहीं गई हुई हैं। पूछने पर ये भी पता चला क़ि कोई ज्ञानू थे जिसके साथ जैसमीन घर से निकली थीं। यह सुनते ही अत्तू आग-बबूला हो गया था। उसने फिर तुरन्त जैसमीन को फ़ोन लगाया तो जैसमीन ने फ़ोन उठाकर कहा ''कहीं और हूँ बाद में बात करो'' और फ़ोन कट कर दिया। गुस्से में आकर, अत्तू ने ज्ञानू सर को फ़ोन लगाया था तो ज्ञानू सर ने भी ''कहीं और हूँ बाद में बात करो'' कह कर कट कर दिया था और थोड़ी देर बाद ही उन्होंने अत्तू के व्हाट्सएप्प पर एक फोटो सेंड किया था जिसमें जैसमीन मैम, उनके साथ बैठी थीं, और वह उनके बालों में हाथ फेर रहे थे। फोटो देखते ही अत्तू का रोम रोम क्रोध और निराशा से भर गया था। उसने उसी सनक में मैम को लगभग बीस बार फ़ोन किया था, बार-बार जैसमीन फ़ोन काट देती थीं। अन्त में तंग आकर मैम ने मोबाइल स्वीच ऑफ़ कर लिया था। अत्तू ने अपने एक मित्र को फ़ोन लगाकर ज्ञानू सर का पता पूछा था तो उनके शिमला जाने की बात पता चली थी। उस दिन अत्तू निराश होकर घर गया था। कई दिनों तक उसने खाने को हाथ भी नहीं लगाया था। कुछ दिन बाद जब मैम की कॉल उसके फ़ोन पर आनी शुरू हुई थी,

तब लगातार पाँच दिनों तक सौ-सौ बार आ जाया करती थी। जब अत्तू ने इतने प्रयासों के बाद फोन उठाया तो एक संदेश आया सेलफ़ोन पर "तुमने मेरे साथ अच्छा नहीं किया।"

सन्देश देखकर अत्तू ने कहा "मैंने अच्छा नहीं किया!... और आपने?"

कई महीनों तक दोनों की बात नहीं हुई थी। दोनों अपने अपने हालात से खुश नहीं थे फिर भी गुरूर में आकर दोनों ने बात नहीं की। अवसर का लाभ उठाकर ज्ञानू सर जैसमीन के करीब आने लगे थे। जैसमीन का मृदु हृदय, अत्तू का दूर होना और ज्ञानू सर का लगातार कोशिश करना, ज्ञानू सर के लिए मैडम के हृदय में जगह बनाने में सफल होने का कारण बना था। इश्क़ का दस्तूर है, वक्त पर भावनाओं की डोर जिसने खींची, हृदय उसका गुलाम हुआ। जैसमीन के घायल हृदय पर मरहम लगाने, वक्त की नज़ाकत को देखते हुए ज्ञानू सर बराबर आने लगे थे। बस फिर क्या था... यही वक़्त पर आना काम कर गया था और ज्ञानू सर ने, जैसमीन के हृदय में थोड़ी सी जगह पा ली थी। इसी थोड़ी सी जगह के दम पर ज्ञानू सर ने अपनी प्रेम कहानी आगे बढ़ाते हुए विवाह का प्रस्ताव रख दिया था। जैसमीन बहुत सोच-विचार करने के बावजूद इस प्रस्ताव से इनकार न कर सकी थीं और विवाह के लिए अपनी रजामंदी दे दी थी। उनका तर्क था कि अत्तू के मन से मेरा प्रेम मलिन हो चुका है, वह शालिनी के लिए जी रहा है; ऐसे में ज्ञानू सर के इस प्रस्ताव को अस्वीकार करना किसी भी प्रकार से बुद्धिमत्ता पूर्ण फैसला नहीं हो सकता।

अत्तू तड़प रहा था। लेकिन उसने कॉल नहीं की थी क्योंकि उसकी ज्ञानू सर वाली शिकायत को, विवाह की ख़बर ने पुष्ट कर दिया था। अत्तू ने क़सम खा ली थी कि वह अब उनका चेहरा भी नहीं देखेगा। विवाह की ख़बर सुनने के बाद ही लगभग दो तीन महीनों तक अत्तू अन्दर ही अन्दर जलता रहा था। एक दिन शाम को, वह खुद को रोक न सका था और उसने अपने जिगर के टुकड़े को, यानी जैसमीन को फ़ोन लगा दिया था। वह विवाह की पूर्व-संध्या थी। मैम ने फ़ोन उठाया जरूर था, लेकिन ठीक ढंग से बात न हो सकी थी। बस इतना ही हुआ था कि जैसे ही मैम ने फ़ोन उठाया था, आवाज़ सुनते ही अत्तू फफ़क-

फफ़क कर रो पड़ा था। मैम ने काँपते होंठो से बस इतना ही कहा था "तुमने मुझे बर्बाद कर दिया, अत्तू! तुम गलतियों पर गलती करते रहे और आज तुमने, मुझे ऐसे मोड़ पर लाकर खड़ा कर दिया है कि मैं कोई भी निर्णय ले पाने में सक्षम नहीं हूँ।"

"मैंने गलत किया और आपने?"

इससे पहले की मैम कुछ जवाब दे पातीं, सहेलियों के शोर में उनकी आवाज़ दब गई थी। अत्तू बीस मिनट तक फ़ोन पर हैलो-हेलो करता रहा था। कोई उत्तर न पाकर जब उसने फ़ोन काटा था, तब दो घण्टे तक चिल्ला चिल्लाकर रोया था और ऐसा रोया था जैसे उसका कोई ख़ास इस दुनिया को छोड़कर चला गया हो। रोने की आवाज़ सुनकर जब उसके पिता जी कमरे में आकर उसके ऊपर चिल्लाये थे तो वह पहली बार अपने पिता से भी लिपटकर ज़ोर-ज़ोर से रोया था। पिता अपने जवान पुत्र को इस तरह रोते देख कर खुद को रोक न सके थे और भरी आँखें लिए बाहर आकर अत्तू की माँ से बोले था "इस कुत्ते से पूछ लो, उठा लें उसे मण्डप से? ये कम्बख़त उस बुढ़िया के बगैर जी नहीं पायेगा।"

जैसमीन के विवाह के दिन नींद की गोली खाकर अत्तू सारा दिन सोता रहा था। गोली की मात्रा ज़्यादा होने की वजह से उसे दूसरे दिन भर्ती करवाना पड़ा था। जैसमीन के विवाह के दो साल बाद तक अत्तू कभी चैन से जी नहीं सका। मन रमे रहने के लिए उसे घरवालों की तरफ़ से कई काम पकड़ाये गए थे, लेकिन वह किसी कार्य में सफल होने के बजाय हर काम को डुबाने में सफल हुआ था। प्रेम की क्षतिपूर्ति के लिए, उसे घरवालों ने खूब सारा प्यार दिया था, लेकिन जैसमीन को रोक न पाने की कसक उसे सामान्य नहीं होने देती थी। वह सारे मोहल्ले में "दीवाना" कहा जाने लगा था।

घरवालों के मोह का धागा अत्तू को अधिक दिनों तक बांध न सका था और अत्तू घरवालों की परवाह किये बगैर घर छोड़कर कहीं चला गया था। पांच सालों तक लगातार तलाश करने के बाद भी अत्तू का कहीं पता नहीं चला तो मजबूरन घरवालों ने अत्तू की याद के सहारे ही जीना सीख लिया था।

जैसमीन, ज्ञानू सर से संतुष्ट तो थीं किन्तु विवाह की पूर्व संध्या पर आयी हुई फ़ोन कॉल ने उसे हमेशा-हमेशा के लिए बेचैन कर दिया था। इंसानी फितरत होती है कि वह नफ़रत की हज़ारों गालियों से उतना चोटिल नहीं होता जितना कि प्रेमपूर्ण करुण विलाप से। उस रात इस क़दर, अत्तू के रोने ने उसे ऐसी चोट दी थी कि वह खुद को कभी सँभाल न सकी थी। अत्तू के घर छोड़ देने का कारण, खुद को समझकर वो अपराधबोध की गहरी खाई में पड़ी थीं। उन्हें यदि कहीं सुकून मिलता था, तो वह सिर्फ़ "सैलाब" की पुस्तकों में। सैलाब अभी दो साल से लेखन की दुनिया में उभरे थे, लेकिन उनकी प्रसिद्धि ऐसी हो चली थी कि इस वक़्त यूथ तो यूथ, हर वर्ग के लोग उनके प्रेमग्रंथ के दीवाने थे। अभी तक उनकी दो पुस्तकें आई थीं। जिन्होंने हिन्दी साहित्याकाश में प्रेमकहानी को नया आयाम और नया बाज़ार दिया था। उनकी पहली पुस्तक "प्रेम अपरिभाषित है" में एक वाक्य था "मिलने की चाहत ही प्रेम है, मिल जाना तो समझौता है।" यह वाक्य ही जैसमीन को थोड़ा बल देता था जो उनका अपराधबोध कम करता था। "सैलाब" एक ऐसे लेखक थे, जो कभी किसी से मिलते नहीं थे, सिर्फ़ उनकी पुस्तकें लोगों से बातें करती थीं।

अपनी पत्नी को इस तरह दुखी देखकर ज्ञानू भी परेशान रहने लगे थे। उन्होंने इन दोनों के बीच आने के लिए खुद को अपराधी मानना शुरू कर दिया था। वह सोचते थे कि जब जैसमीन किसी प्रशिक्षण में व्यस्त थीं, अत्तू के बार-बार फ़ोन लगाने पर उठा नहीं रही थीं, और उस समय वह खुद कहीं और थे, ऐसे समय में पुरानी तस्वीर अत्तू को भेजकर उनकी कहानी में ऐसा मोड़ नहीं देना चाहिए था और न ही अत्तू और शालिनी के बीच सम्बन्ध होने की झूठी ख़बर देकर, जैसमीन के मन में अत्तू के लिये दूरी बनानी चाहिए थी।

ज्ञानू सर का भारत सरकार के एक विशेष प्रतिनिधि मंडल में चयन किया गया था, जो पागलखानों की स्थिति की जांच पड़ताल के लिए गठित किया गया था। ऐसे ही एक पागलखाने में जब यह प्रतिनिधि मंडल पंहुचा था तो पागलखाना मैनजमेंट कमेटी ने उनका जमकर स्वागत किया था। जब मैनेजमेंट उन्हें पागलखाने का भ्रमण करा रहा था तो उन लोगों ने एक ऐसे पागल को देखा जो बड़े-बड़े बालों वाला था; दाढ़ी इतनी बढ़ी और गन्दी थी कि सारे बाल आपस

में गुंथे थे। वह आदमी मैदान में एक खूबसूरत पक्षी को पकड़ने की कोशिश कर रहा था, लेकिन वह पक्षी उड़ गया था। उड़ते हुए पक्षी को वह पागल देखता रहा, मुस्कराता रहा। फिर बोला "वार्डेन साहब दुनिया में यही रीति है; खूबसूरत पक्षी आसानी से हाथ नहीं आते और आ भी जाएँ तो मज़ा नहीं आता। मज़ा तो तब आता है जब आते आते, पक्षी को खुले आसमान में उड़ने के लिए छोड़ दिया जाए।" कहते कहते वह पागल हंसने लगा और फ़िर अचानक चिल्लाकर रोने लगा, अपने बालों को नोचने लगा। दो आदमी उसको पकड़कर ले गए।

सभी सदस्य हैरान हो गये। पूछने पर पता चला कि यह विशेष प्रकार का पागल है हमेशा सामान्य रहता है, बस कभी कभी विक्षिप्त हो जाता है। पहचान गुप्त रखने की शर्त पर वार्डेन ने बताया कि प्रसिद्ध लेखक "सैलाब" यही है। सर हमारे यहाँ इनके सुविधानुसार इन्हें एक ख़ास कमरा दिया गया है, जहाँ यह अपना लेखन कार्य भी करते हैं। कमरे में पहुँचते ही ज्ञानू सर और साथियों ने देखा कि कमरे की पूरी दीवार पर "जैसमीन" लिखा हुआ था। वार्डेन ने बताया कि यह इनकी प्रेमिका का नाम है। जैसमीन नाम से इनकी तीसरी पुस्तक भी आने वाली है। ज्ञानू सर, अत्तू के इस हाल को देखकर वहां खुद को अधिक देर तक रोक न सके और अपनी सजल आँखों के साथ जल्द ही वहां से बाहर हो गए।

2

वो गया है अमीरी लाने

गायत्री बहुत उदास थी। उसका सात साल का बेटा भोलू पिछले कई दिनों से बल्ला खरीदने के लिए उसे परेशान कर रहा था। मगर आज तो हद ही हो गयी! सुबह-सुबह गायत्री के गुल्लक में से भोलू रुपये चुराने की कोशिश कर रहा था। ये तो गनीमत थी कि गायत्री ने उसे देख लिया, वरना भोलू गुल्लक चुरा ले जाता। हालांकि गुल्लक में इतने पैसे नहीं थे कि भोलू को बल्ला मिल जाता।

बच्चों में लालसा बहुत ज्यादा होती है, बच्चे जिन चीज़ों को एक बार सोच लेते है कि लेना हैं तो उसे किसी भी क़ीमत पर लेना चाहते हैं। गायत्री बार-बार सोच रही थी कि इन्हीं हाथों से मैंने कितना पीटा है अपनी नन्हीं-सी जान को। वो सोच ही रही थी कि सामने से गोपाल आते दिखाई दिये, गायत्री ने निश्चय किया कि आज इनसे बहुत झगड़ूंगी। अब भोलू का कहीं नाम-वाम लिखवाएँ, भोलू सात साल का हो गया। बड़े-बड़े घरों में तो लोग अपने बच्चों को दूसरे साल से ही स्कूल भेज देते हैं। गोपाल ने पास आकर पूछा "यहां क्यूं बैठी हो?"

गायत्री-"तब कहां जाऊँ, तुम्हें तो कुछ सोचना नहीं है।"

गोपाल-"बात क्या है, तुम्हारा मुंह क्यों फूला है?"

गायत्री- "और नहीं तो क्या! रसोई का छप्पर बारिश में चूने लगता है, खाना बनाना दूभर हो जाता है, बिस्तर वाले छप्पर की टाट टूटी हुयी है; और तो और अभी तक भोलू का नाम भी नहीं लिखवाया। कब तक ऐसे ही सोते रहेंगे"

गोपाल- "अरे प्रधान जी से इंदिरा आवास के लिए कहा था लेकिन... अच्छा तुम एक लोटा पानी लाओ पहले"।

गायत्री उठकर पीछे जीर्ण-शीर्ण छप्पर के अन्दर पानी लाने चली गयी। गोपाल वहीं बैठकर अपनी ग़रीबी के बारे में सोचने लगा। अभाव इन्सान को कुछ पल के लिए पंगु बना देता है। मगर अभाव में इतनी ताक़त होती है कि यदि इन्सान ठान ले तो पहाड़ खोदकर दरिया बहा सकता है। गोपाल के चेहरे पर भी आज एक नयी तरह की उलझन झलक रही थी। गायत्री एल्युमिनियम के एक पिचके और टेढ़े-मेढ़े लोटे में पानी तथा कागज में एक गुड़ का छोटा-सा टुकड़ा लेकर आयी। गोपाल ने लोटा हाथ में लिया तथा मुंह से तम्बाकू के फेरे को निकालकर एक कोने में थूका, कुल्ला करते हुए बोला "आज प्रधान जी के यहां गये थे, इंदिरा आवास के सिलसिले में, सोचा था, एक कोठरी सरकारी दिलवा देंगें तो उसके सामने एक छप्पर सही करवा के लटका देंगे हम, तो समस्या कुछ हद तक दूर हो जायेगी; परन्तु उन्होंने कहा कि एक ही इंदिरा आवास हमारे गांव के लिए आया था वो भी राजू भइया ने ले लिया।"

गायत्री- "राजू भइया ने...? उन्हें इंदिरा आवास की क्या जरूरत; उनके पास तो तमाम पइसा है।"

गोपाल ने गायत्री से गुड़ लेकर मुंह में रखा और दांतों से फोड़ते हुए बोला "अरे भाई ख़ैरात किसी को बुरी तो लगती नहीं है, सुना है इंदिरा आवास में मिलने वाले पैसा से एक कमरा बनवायेंगे, जिसमें अपनी चारपहिया खड़ी करेंगे।"

गायत्री ने मुंह बनाते हुए कहा "वाह क़ुदरत का करिश्मा, किसी के पास रहने को घर नहीं, कोई अपने मोटर-गाड़ी के लिए घर बना रहा है।" वक़्त से बड़ा न कोई पत्थर दिल है और न ही कोई रहमदिल। वक़्त ख़राब तो दुनिया

बेकार, वक़्त अच्छा तो हर शै अच्छी।

लोटा गायत्री के हाथ में थमाते हुए गोपाल पूछने लगा, "भोलू कहां है?"

"कहीं घूम रहा होगा, पर तुम अब दिल्ली चले जाओ, कुछ कमाओ! परधान-वरधान से कल्याण होने वाला नहीं है।" गायत्री नसीहत देते हुए अन्दर की ओर चली गयी।

***

गोपाल आज दिल्ली जा रहा था। उसकी आंखें भरी थीं, मन भी बोझिल हो रहा था। जाने की बात आते ही न जाने क्यूं हृदय कांप उठता था। मगर ग़रीबी उसे दिल्ली की ओर धकेल कर ले जा रही थी। गायत्री ने चूल्हे की मोटी-मोटी चार रोटी और आलू की भुजिया बना कर एक झिल्ली में बांध दिया था। कल्लन काका द्वार पर आये, गोपाल ने पैर छूते हुए कहा "जा रहा हूं काका, इन लोगों का ध्यान रखना"।

काका ने आशीर्वाद देकर पूछा "कितने बजे है गाड़ी?"

"काका, सवा सात बजे है। गोरखधाम, गोण्डा जं0 से पकड़ेंगे। जल्दी जाना पड़ेगा; जनरल टिकट के लिए लाइन बहुत लम्बी लगती है।" चार बजे गोपाल अपने घर से निकला गोण्डा जं0 स्टेशन के लिए।

जाते वक़्त गोपाल और गायत्री की आँखे छलछला कर बह उठी थीं। गोपाल अपनी ज़िन्दगी गायत्री को अपने आलिंगन पाश में भरकर उसे चूमना चाहता था, पर गांव की बनायी मर्यादा वह कैसे तोड़ता!, वह रुक गया था। दोनों की सजल आँखें मिली थीं और गोपाल चलने के लिए मुड़ा ही था कि भोलू दौड़कर आया "पापा-पापा हमय ख़ातिर टी शर्ट लै आयो।"

***

गोपाल को दिल्ली पहुंचे तीन महीने हो गये थे। वह अपने गांव के कुछ लोगों के साथ मजदूरी करने लगा था। खा-पी के दो हज़ार रुपये हर महीने बचा

लेता था। एक दिन गोपाल एक पुराना घर तोड़ने का काम कर रहा था। उस पुराने घर को तोड़ने का ठेका गोपाल के मिस्त्री को ही मिला था।

गोपाल और उसके साथ तीन लोग मिलकर छत तोड़ रहे थे। बगल में चाइनीज मोबाइल पर कुमार शानू का एक मशहूर गीत *''जीता था जिसके लिए...''* चल रहा था। गर्मी के दिन थे। सूरज माथे पर चढ़ा जा रहा था। तीनों आपस में बातें कर रहे थे। गोपाल पसीने से पूरी तरह भीग चुका था। पसीने-पसीने तो बाकी दोनों साथी भी थे पर उतना नहीं जितना कि गोपाल। एक साथी ने कहा अगर इस बार मोदी प्रधानमंत्री बने तो देश का विकास होगा। दूसरे साथी ने कहा ''राहुल' भी ठीक है। गोपाल ने झुंझलाकर उत्तर दिया ''अरे कोई बने लुटेंगे हम ही। हम किसी तरह दस हज़ार इकट्ठा कर लें भइया! तो जाके घर का छप्पर सही करवा दें और भोलू का नाम कहीं लिखवा दें। प्राइमरी में कुछ पढ़ता ही नहीं है।''

तीनों साथी अपनी-अपनी सुना रहे थे। बात करते-करते वक़्त जल्दी गुज़र जाता है। तीनों मित्र हथौड़े से छत पर एक के ऊपर एक प्रहार कर रहे थे। कुछ ही पलों में छत में छेद हो गया। इन छरहरे बदन वाले नौजवानों को देखकर हैरान होना लज़िमी है, इनके बाजुओं में इतनी ताक़त आती कहां से है। ये तो कोई ताक़ती गोली या फिर केला-दूध भी नहीं खाते। शायद इनके हौसलों और परिस्थितियों ने इन्हें यह ताक़त दी है! इतने पहाड़तोड़ू बाजुओं वाले इन नौजवानों को कोई पैसे वाला दुबला पतला शख़्स भी दबा देता है। ये बातें अपने आप में कितना विरोधाभास पैदा करती हैं!

काम करते-करते शाम हो गयी। छुटटी मिली। सब साथियों ने ठेले पर कुल्चे खाकर पेट भरे और बीड़ी पीते हुए फुट ओवर ब्रिज पर सोने चल दिये। रात में पूरे ब्रिज पर इन मज़दूरों की एक पलटन पड़ी रहती थी। उस रात भी गोपाल और उसके साथी ओवर ब्रिज पर पहुंचे। अंगोछा बिछाया और जिसको जितनी थोड़ी बहुत जगह मिली चिपक रहा। मस्त पुरवाई हवा बह रही थी। नींद ऐसी आयी मानो फूलों की सेज मिल गयी हो।

***

गोपाल के जीर्ण-शीर्ण घर के सामने भीड़ लगी थी। छप्पर के अन्दर से तेज़ रुदन की आवाज़ें आ रही थीं। पूरा टोला शोक में डूबा हुआ था। ग्राम प्रधान और राजू भइया एक साथ पहुंचे, कल्लन काका से कहा "बड़ा अनर्थ हो गया भाई। सात साल का लड़का और बेचारी गायत्री अभी क्या उमर है उसकी!" कल्लन काका अपनी सजल आंखों को पोंछते हुए बोल पड़े "प्रधान जी होनी का जो मंजूर रहा उ होइ गवा, गायत्री तो बर्बाद होय गयी बेचारी।" गांव की बुजुर्ग महिलाओं ने एक बाल्टी पानी गायत्री की मांग पर फेंका। उसका सिंदूर बह चला। गायत्री रोते-रोते बेहोश हो गयी। महिलाओं ने उसके हाथ को पत्थर पर पटक-पटक कर सारी चूड़ियां तोड़ डालीं। पूरा माहौल रुदन से भर गया। टोले का कण-कण रो रहा था। भोलू मामले को समझने की कोशिश कर रहा था। गांव के दो-तीन बच्चे नाक पोंछते हुए भोलू के उदास चेहरे को देख रहे थे। महिलाओं ने गायत्री के चेहरे पर पानी डाला। गायत्री फिर से होश में आयी। ज़ोर-ज़ोर से चिल्लाकर भगवान को कोसने लगी। एक गाड़ी द्वार पर आकर रुकी। गाड़ी में से गोपाल की लाश निकाली गयी। देखते ही देखते पूरा टोला, स्त्री, बच्चें, बूढ़े, जवान सब के सब रो पड़े।

कल्लन काका को जाते वक़्त का चेहरा याद आ गया और काका कराह उठे "वाह रे भगवान! अस अंधेर काहेक... अब कहां जइहैं यै बेचारे?"

गोपाल बीती-रात छत तोड़कर बहुत थक चुका था और जाकर रोज़ की तरह ओवरब्रिज पर एक किनारे सो गया था। थकान अधिक होने के कारण नींद बहुत गहरी आ गयी थी। सोते-सोते न जाने कब ओवरब्रिज से नीचे गिर गया। नीचे बड़े पत्थर पर गिरने से गोपाल का सर फूट गया और वो अपनी ग़रीबी से सदा के लिए मुक्त हो गया। उसने इस मृत्युलोक को अलविदा कह दिया।

गायत्री पत्थर हो चुकी थी। किसी ने भोलू से कहा-"तेरा बाप गया है, अमीरी लाने!" तभी एक बार फिर पूरा गांव रो पड़ा।

3

फटी पतलून

भरी सभा थी। लोग बैठे हुए थे। भरी सभा से मतलब है आठ-दस लोग तो बैठे ही थे। गप्पें चल रही थीं। कोई करोड़ों की डील की बात कर रहा था, कोई शर्मा जी की बेटी की शादी में खाये हुए रसगुल्ले का मुंह में पानी भर-भर कर महिमा मण्डन कर रहा था। बाक़ी सब अपनी-अपनी हांकने के लिए बारी का इंतज़ार कर रहे थे। इसी में एक साहब अपने साले श्री के द्वारा ख़रीदी गयी ऑडी कार का बखान कर रहे थे। ये बात अलग है कि कमजोर पृष्ठभूमि से होने के कारण साले श्री ने इन महाशय का परित्याग चार साल पहले ही कर दिया था। अब परित्याग कर दिया तो कर दिया, मुहल्ले वालों की नज़र में साले श्री का नाम लेकर कॉलर चढ़ाने से कोई इन्हें रोक तो सकता नहीं था। आखिर साले तो इन्हीं के हैं।

इनकी ऑडी की बात सुनकर सभा में मौजूद लोगों ने झूठी ही सही पर इनकी वाह-वाही में आश्चर्य व्यक्त किया। तभी सामने से गुल्लू साहब लम्बा कुर्ता, सफेद पतलून, कोल्हापुरी चप्पल पहने, सुगन्धित पान चबाते हुए सभा में आ पहुंचे। गुल्लू साहब के आने से सभा में गर्माहट बढ़ गयी। तभी ऑडी वाले

भाई साहब ने सिगरेट निकाली, मुंह में लगाया और जैसे ही लाइटर जलाने वाले थे कि गुल्लू साहब ने, सार्वजनिक स्थान पर धूम्रपान न करने के सरकारी फरमान के बारे में बताते हुए ऑडी वाले भाई साहब की सिगरेट वापिस डब्बे में रखवा दी। ऑडी वाले साहब को बुरा लगा...। तभी गुल्लू साहब ने पान की पीक लीलते हुए कहा "भाई सुना है आपके साले श्री ने ऑडी खरीदी है।"

इतना सुनकर ऑडी वाले साहब की कॉलर टन-टन करके उपर चढ़ गई, साहब ने शरमाने का स्वांग रचते हुए हां में मुण्डी हिलाया। सभा के बाक़ी सदस्य हैरत में पड़े हुए थे कि आज गुल्लू साहब को हो क्या गया है? अपनी हांकने के बजाय किसी और की बड़ाई कर रहे हैं। गुल्लू साहब कुर्ते को उठाते हुए सामने पड़ी कुर्सी पर बैठ गये और बोले "वो तेरी...भाइयों आज तो मिठाई लाना भूल गया, ख़ैर कल आप लोगों की मिठाई पक्की है।"

सबने पूछा "भाई किस बात की मिठाई?"

गुल्लू साहब ने चेहरे पर एक अजीब सा भाव लाते हुआ कहा "अरे ज्यादा कुछ नहीं, कल रत्नेश आया था न... अरे भई अपना साला... कह रहा था कुतुबमीनार की डील पक्की हो गयी, कल परसों में उसके नाम रजिस्ट्री हो जायेगी... फिर हम जीजा-साले कुतुबमीनार पर चढ़कर सारी दिल्ली को देखा करेंगे।"

इतना सुनते ही ऑडी वाले साहब की कॉलर टन से नीचे हो गयी। कॉलर को देखते ही सब ज़ोर का ठहाका लगाकर हंस पड़े। सामने बैठे नन्दन जी तने हुए, गर्व की मुद्रा में अपनी पोशाक को देख रहे थे। इतने में भाई की नज़र अपने ही पतलून पर पड़ी जो कि मियानी पर फटी हुयी थी। नज़र पड़ते ही भाई कुर्सी पर सिकुड़ गये। गुल्लू साहब के आने से थोड़ी देर पहले यही भाई साहब मन्त्रीमण्डल में मौजूद अपने रिश्तेदारों की लम्बी लाइन गिना रहे थे, फटी पतलून देखते ही भाई साहब के सारे मन्त्री रिश्तेदार फटे हुए पतलून के रास्ते से न जाने किधर चले गये। सभा में हंसी ठहाके निरन्तर चल रहे थे, पर नन्दन भाई के मन में एक अजीब सी उलझन उत्पन्न हो गयी थी, डर तो फिलहाल सभी की नज़र से था, पर सबसे ज्यादा गुल्लू साहब से ही था। साहब किसी तरह अपनी

इज्ज़त समेटे, बिना समझे ही बेमन सबके साथ खिखिया रहे थे।

इतने में चड्ढा साहब ने कहा "भई गुल्लू साहब, हंसी ठहाके तो जारी रहेंगे पर अभी एक-एक चाय होनी चाहिए!"

गुल्लू साहब "हां-हां बिल्कुल हो जाये; मैं तो सोच रहा था, एक गरमा गरम कॉफ़ी पिलाऊँ आप लोगों को, पर अभी याद आया आज मंगलवार है... और आप लोग तो जानते हैं कि मैं मंगलवार को पैसे खर्च नहीं करता।"

तभी ऑडी वाले साहब ने इनकी खिंचाई करने के मकसद से कहा "आप तो बुध, वृहस्पति, शुक्र और शनि को भी नहीं करते।" सब हंस पड़े। नन्दन भाई ने भी झूठी मुस्कान बिखेर दी।

वहीं नन्दन भाई के बगल वाले भाई साहब बोले "और गुल्लू साहब, रवि और सोम को तो आप किसी से मिलते तक नहीं।" गुल्लू साहब ने इन भाई की ओर तीखी नज़रों से देखा, जैसे ही गुल्लू साहब ने उधर देखा नन्दन भाई के हृदय में जैसे भूकम्प आ गया, मुंह लाल और माथा पसीने से भीग गया, नन्दन भाई ने सोचा, अब तो मेरी इज्ज़त गयी। ख़ैर, गुल्लू साहब की बुरी नज़र से नन्दन भाई की फटी हुयी इज्ज़त इस बार बच गयी।

गुल्लू साहब ने बगल वाले साहब को जवाब दिया "भाई मैं किसी दिन पैसे खर्च नहीं करता, हर दिन को बराबर की नज़र से देखता हूं। किसी भी दिन को कम नहीं समझता; अब ये क्या बात हुई, ये दिन भगवान का है तो इस दिन न खर्च करूं बाक़ी दिन करूं; बाक़ी दिन भी तो किसी न किसी का होगा! हां रात होती तो जरूर करता। "

गुल्लू साहब को पल्ला झाड़ते देख लोगों ने नन्दन भाई की ओर देखा। जैसे ही लोगों ने देखा, नन्दन भाई की जान मुंह को आ गयी। सोचने लगे इस बार तो पक्की बात है, गयी इज्ज़त... नन्दन भाई को चाय मंगवाने में कोई आपत्ति नहीं थी, लेकिन पर्स निकालने के लिए उठें कैसे?

नन्दन भाई को अन्यमनस्क मुद्रा में देखकर ऑडी वाले साहब अपनी गिरी हुई कॉलर को फिर से उठाने की लालसा में चाय-खर्च वहन करने को तैयार हो

गये।

चाय ऑर्डर हुई। सभा के समस्त सदस्यों ने महसूस किया कि नंदन भाई आज कुछ परेशान हैं। लोगों ने नन्दन भाई की परेशानी का कारण पूछा, भाई साहब ने कारण छुपाते हुए प्रश्न को इधर-उधर घुमा दिया। चाय आई लोग पीने लगे।

गुल्लू साहब ने आधी चाय ख़त्म करके चाय टेबल पर रख दिया और बोल पड़े "क्या है ये... न दूध, न चीनी अदरख़ का तो अता-पता ही नहीं..., मैं पिलाता तो पिलाता स्पेशल चाय, ख़ैर आ गयी है तो पीना तो पड़ेगा ही।"

सुनकर कुछ लोगों ने मुँह बनाया। चाय तो पी रहे थे मगर इस सभा में नन्दन भाई अत्याधिक परेशान थे, कभी दाहिने लात को बायें पर चढ़ाते तो कभी बायें को दाहिने पर, कभी दोनों जांघे जोड़कर अपनी इज्ज़त बचाते, मन ही मन पत्नी को कोस रहे थे "कम्बख्त यही पतलून देनी ज़रूरी थी क्या!" फिर खुद ही सोचते "लेकिन हो सकता है कि रास्ते में कहीं फट गयी हो" मन में उथल-पुथल मची थी, बीच-बीच में दाँत दिखाकर माहौल से तालमेल बिठाने की कोशिश भी कर लेते। चाय ख़त्म हुयी, गुल्लू साहब ने जेब से एक बीड़ा पान निकालकर फिर खाया।

इस सभा में बैठे लोग मध्यमवर्गीय या यूँ कहें निम्न मध्यम से ऊपर के वर्ग में थे फिर भी मैं इन्हें मध्यमवर्गीय ही कहता हूँ। इन लोगों की जमा पूंजी सिर्फ इतनी थी कि स्पेलेन्डर या पल्सर या बहुत हुआ तो एक अल्टो कार खरीद सकते थे। पर इनके हौसले की दाद देनी चाहिए, ये अल्टो भी खरीदते तो उसे मर्सिडीज समझते थे और उसका प्रमोशन कल्पना में ही सही परन्तु फिल्मस्टार अक्षय कुमार या सलमान ख़ान से ही करवाते थे। ये लोग सिर्फ गप्पे ही नहीं हांकते थे बल्कि व्यवहार भी मर्सिडीज वाले की तरह ही करते थे। किसी ग़रीब को तो दूर से ही सूंघ लेते थे और अपनी नाक तथाकथित दुर्गन्ध से बचाव के लिए दबा लेते थे।

पान चुलबुलाते हुए गुल्लू साहब ने नन्दन भाई से कुछ पूछना चाहा, नन्दन भाई के ऊपर तो बिजली ही टूट पड़ी। नन्दन भाई की सांसें बाहर आने को बेताब

हो गयीं, मन नकारात्मक कल्पना के गहरे संसार सागर में उतर गया, सोचने लगे "मेरी फटी पतलून पर गुल्लू साहब आज ही निबन्ध लिखेंगे और चटखार लगाकर सबको सुनायेंगे भी, अब तो पक्का गयी मेरी इज़्ज़त।"

नन्दन भाई को सबसे ज्यादा डर गुल्लू साहब से ही लगता था, अरे भई सभापति जो ठहरे, वैसे डर तो बाक़ी लोगों से भी था, लोग क्या सोचेंगे... लोग कमजोर समझेंगे इत्यादि। नन्दन भाई की इस हालत को देखकर आज सब हैरान थे, सब कयास लगा रहे थे कि बात क्या है?, गुल्लू साहब तो खोजी कुत्ते की तरह पीछे ही पड़ गये। कभी चेहरे पर देखते, कभी पांव पर कभी-कभी तो पूरे शरीर को स्कैन कर डालते, पर नन्दन भाई पूरे सुरक्षात्मक तरीके से पिच पर उतरे थे, सबूत नज़र ही नहीं आने देते थे। सभा के सारे सदस्य आपस में बातें करते जा रहे थे; लगातार गुल्लू साहब की खोजी निगाहें नन्दन भाई के ज़िस्म में कुछ तलाश रही थीं, पर कुछ हाथ लग नहीं रहा था।

तभी अचानक चड्ढा साहब बोल पड़े "भई हमने सोचा है हम इतने बुद्धिमान लोग हैं, देश को हमारी ज़रूरत है, हमें एक राजनैतिक पार्टी बनाकर चुनाव लड़ना चाहिए। प्रधानमंत्री न सही मुख्यमंत्री की सीट तो पक्की समझो।" सबने हामी भरी गुल्लू साहब ने भी अपनी पैनी नज़र से चड्ढा साहब की बातों पर मोहर लगा दिया। फिर घूमकर अपने लक्ष्य की तरफ ध्यान केन्द्रित करते हुए बोले "क्यूं नन्दन भाई?"

इस बार देखते ही गुल्लू साहब चौंक गये। इनका ध्यान क्या हटा, इस बार स्थिति परिवर्तित हो चुकी थी। समझो सूरज पूरब की ओर से निकला तो था लेकिन पश्चिम की ओर न जाकर वापिस पूरब में ही जा रहा था। नज़ारा एकदम विपरीत हो चुका था। अब नन्दन भाई डरे हुए नहीं थे बल्कि तन कर बैठे थे, आत्मविश्वास से लबा-लब भर चुके थे। किसी सम्राट की भांति गर्व की मुद्रा धारण किये हुए थे। चाय की चुस्की लेते हुए साहब जो कुटिल मुस्कराये कि गुल्लू साहब का तो होश ही खराब हो गया। गुल्लू साहब नन्दन भाई के इस बदले मिजाज को देखकर हैरान हो गये, तभी अचानक उनकी नज़र नन्दन भाई की फटी हुयी पतलून पर पड़ी। गुल्लू साहब ने सोचा *"मिल गया!'* और मौके

का फ़ायदा उठाते हुए साहब ठहाके के साथ हंसते हुए बोले "फटी पतलून!... हा हा हा हा फटी पतलून " ...

सब गुल्लू साहब की ओर देखकर ठहाके के साथ हंसने लगे... गुल्लू साहब ने चीखते हुए कहा "बेवकूफों! मेरी नहीं उसकी" फ़िर नीचे अपनी पतलून की ओर देखा तो सट से बत्तीसी अन्दर हो गयी, चेहरा लाल हो गया, शर्म ने पसीने की शक्ल में पूरे कुर्ते को भिगो दिया, हृदय स्पन्दों ने मैराथन में हिस्सा ले लिया। मन हो रहा था ज़मीन फटे और साहब अभी धंस जायें।

दरअसल इत्तेफ़ाकन, नन्दन भाई से ज्यादा गुल्लू साहब की पतलून फटी हुई थी। यही देखकर नन्दन भाई के मन का डर काफूर हो गया था, सो भाई साहब तनकर बैठ गये थे कि जब राजा की ही पतलून फटी हो तो राजा मन्त्री की फटी पतलून पर हंस नहीं पायेगा। नन्दन भाई ने एक-बार ज़ोर का ठहाका लगाया और ऑडी वाले साहब ने तो हंसी के नये कीर्तिमान स्थापित कर दिये। सभा में ठहाका एक बार फिर गूँज पड़ा। गुल्लू साहब शर्म से लाल हो गये। सभा में उपस्थित समस्त व्यक्ति अपनी अपनी पतलून की तरफ देखने लगे।

4

नियति

जब सनी का कमरे के अन्दर प्रवेश हुआ तो प्रकाश ने अपना मुंह घुमा लिया, सनी पिता का चरण स्पर्श कर अन्दर कमरे में चला गया। अन्दर जाते पुत्र सनी को प्रकाश ने तिरछी नज़रों से देखा।

सनी, प्रकाश का छब्बीस वर्षीय बेटा है जिसे प्रकाश ने आठवीं पास करने के बाद ही दस साल पहले, बाहर पढ़ने के लिए भेज दिया था। शुरूआत में प्रकाश उसे पूरे जोश के साथ पढ़ाते थे। सनी जब भी जितना जेब खर्च मांगता वे उसे मांगी गयी रकम से कुछ अधिक ही भेज दिया करते थे। बेटा कहता कि वह आई.ए.एस. बनेगा तो पिता का सीना गर्व से फूल जाता था। जब प्रकाश अपने मित्र मण्डली में उत्साह के साथ बताते थे कि उनका बेटा आई.ए.एस. की तैयारी कर रहा है तब मित्रों के बीच प्रकाश का सम्मान और बढ़ जाता था।

सनी जब भी शहर से घर आता था तब उसका बड़े प्रेम और उत्साह से स्वागत किया जाता था। वह एक-एक कर कक्षायें उत्तीर्ण कर रहा था। परिवार और गांव वालों की उम्मीदें बढ़ती जा रही थीं। घर वाले बस इसी इंतज़ार में थे कि

कब उसका स्नातक पूर्ण हो, वह सिविल सेवा परीक्षा में बैठे और सफल हो जाये। उसका परिवार साधारण परिवार से ख़ास परिवार बन जाये। उसके पिता, उसके जानने वालों का रुतबा बढ़ जाये। सनी जब तक बारहवीं कक्षा में था तब तक उसे आई.ए.एस. ही अपने लिए उपयुक्त लगता था। वह हर हाल में अपने पिता को सफलता की खुशी देना चाहता था। सनी बड़े-बड़े आश्वासन दिया करता था। वह कहीं जाता तो खुद को जिलाधिकारी की तरह अनुभव करता था। उसने समझ लिया था कि उसका जन्म आई.ए.एस. बनने के लिए ही हुआ है। पुस्तकों को पढ़ता तो बड़े-बड़े कवियों और लेखकों की तरह एक आई.ए.एस. को भी अमर बना देने की बात सोचता। जब वह स्नातक प्रथम वर्ष में पहुंचा तो उसे दुनिया में बहुत से विकल्प आकर्षित करने लगे। वह कभी सोचता कि पत्रकार बने, कभी सोचता वक़ील बने तो कभी सोचता कि एक नेता ज़्यादा सम्मानित व्यक्ति हो सकता है।

वह कुछ दिनों के लिए उलझ गया। इस उलझन को शांत करने के लिए उसने कई वरिष्ठ एवं जानकार लोगों की सलाह ली। सबकी सलाह बस एक ही थी कि वह अपने अस्तित्व को पाना चाहता है तो उसे खुद को जानना और समझना होगा। उसे अपनी रुचियों को पहचानना होगा। उसने ऐसा ही किया, तो उसे बड़ी आश्चर्यजनक बात दिखायी दी। उसने देखा कि उसे आई.ए.एस. या ऐसी किसी भी प्रकार की नौकरी, रूतबा, दौलत आदि में कोई दिलचस्पी नहीं थी। उसकी नियति उसे कहीं और ले जाना चाहती थी। वह दुनिया के तमाम लोगों के दिल दिमाग और चेहरे पर उभरे भावों को शब्द देने में दिलचस्पी ले रहा था। खुले आसमान में बंद डिब्बे में उड़ने, खूबसूरत एयर होस्टेस से हाय- हैलो सुनने का सपना देखने के बजाय, उसने नीचे बैठे-बैठे ही अपनी कल्पना के सहारे आसमान के विस्तृत क्षेत्र में स्वतंत्रतापूर्वक घूमना शुरू कर दिया था। उसकी रुचि लेखन में होने लगी थी। वह जब भी कुछ लिखता था तब उसे एहसास होता कि कायनात उसके इस कार्य के लिए उसे पुरष्कृत कर रही है। जब कभी वह अत्यधिक खुश या दुखी होता तो उसकी कलम, कागज़ पर खूब दौड़ती। वह कहीं यात्रा या किसी भी कार्य में संलग्न होता तो उसका मस्तिष्क हृदय से ऊर्जा लेकर कहानी बुनने लगता था। उसका देखा हुआ एक-एक दृश्य

उसके द्वारा रचित कहानी में कभी न कभी दिख जाता था। धीरे धीरे सनी ने आई.ए.एस. के बारे में सोचना छोड़ दिया था। सनी ने अपने प्रारब्ध को पा लिया था। परन्तु उसने अपने परिवार में इस भटकाव के बारे में किसी को भनक भी न लगने दी। किसी को नहीं बताया; यहां तक कि अपने पिता को भी नहीं। इसके पीछे सनी का तर्क था कि वह सफल होकर दिखायेगा। पहले से घोषणा कर देने पर आई.ए.एस. के अलावा लेख़क बनना, वे लोग स्वीकार नहीं कर सकेंगे क्योंकि जिन लोगों के बीच उसके घर वालों का उठना-बैठना है, वह समाज सिर्फ रुतबा और दिखावे वाली पद प्रतिष्ठा से ही अभी तक परिचित है, वहां रचनात्मकता की कोई कद्र नहीं है। वह इसके लिए अपने परिवार को दोष नहीं देता था बल्कि उसका मानना था कि वर्तमान समाज ही ऐसा है। इस समाज में हिन्दी लेख़क या किसी भी प्रकार के ऐसे रचनात्मक व्यक्तियों का कोई ख़ास वज़ूद नहीं होने के कारण उसके परिवार वालों में उसे लेकर असुरक्षा की भावना होगी।

इन्हीं सब कारणों से उसने अपने परिवार में ऐसी कोई बात नहीं बतायी थी जो उसके आई.ए.एस. बनने के खिलाफ़ हो। वह जब भी घर आता था तब घर वालों से आई.ए.एस. की तैय्यारी का ही आश्वासन देता था और मन ही मन लेखकीय सफलता के बारे में सोचता था, किन्तु यह बात ज्यादा दिनों तक छुपी न रह सकी थी। धीरे-धीरे सिविल सेवा परीक्षा के लिए अनिच्छा उसके व्यवहार में परिलक्षित होने लगी थी और कविता कहानियां पत्र पत्रिकाओं में प्रकाशित हाने लगी थीं।

यह सब देखकर प्रकाश ने सनी से जब इसके बारे में पूछा था तो सनी ने अपना रुझान, लेखन बताया था। तभी प्रकाश ने उसे उन खर्चों के बारे में बताया था जो तमाम कष्ट सहकर भी उन्होंने सनी को महीने के खर्च के रूप में, पढ़ लिखकर अफ़सर बनने के लिया दिया था। कष्ट सुनकर सनी की आँखों से आंसुओं का सैलाब उमड़ पड़ा था, ख़ास तौर पर प्रकाश के बलिष्ठ शरीर को सिकुड़ते बदन में एवं ओजपूर्ण सुन्दर चेहरे को झुर्रीदार मुरझाये चेहरे में परिवर्तित होते देखकर। उस दिन के बाद सनी ने अपनी कलम रोककर पुनः सिविल सेवा की राह पकड़ ली थी परन्तु यह अनिच्छित दौड़ अधिक दिनों तक न

चल सकी थी और उसे फिर से लेखन की तरफ़ मुड़ना पड़ा था।

इसी उठा-पटक में कई वर्ष बीत गये थे। सनी को छोटी-मोटी सफलता को छोड़कर साहित्य जगत में भी कोई बड़ी सफलता या बड़ा नाम नहीं मिला था इससे प्रकाश एवं घर के अन्य सदस्यों के मन में सनी के असफल होने की आशंका बढ़ गयी थी।

रिश्तेदार एवं आस पास के लोगों ने प्रकाश के मुंह पर सनी को लेकर ताने मारने भी शुरू कर दिए थे। इन्हीं सब वजहों से प्रकाश को सनी से बेहद शिकायत रहती थी। सनी घर का बड़ा बेटा था इसलिए प्रकाश उससे बातचीत तो करते थे, किसी विशेष मामले में सलाह भी लेते थे, किन्तु मन में कहीं न कहीं उसके असफल होने की टीस उन्हें परेशान करती थी। इस बात पर कई बार उन्होंने प्रत्यक्षतः व्यंग्य भी किया था परन्तु सनी इसे नज़रन्दाज़ कर देता था क्योंकि उसने अभी तक खुद को असफल नहीं माना था।

पिता के मन में द्वंद्व था। वह पुत्र को प्रतिभावान और समझदार तो मानते थे किन्तु अधिकारी वर्ग में जाने पर। जब भी कोई बात होती तो प्रत्यक्षतः या अप्रत्यक्षः सनी को सिविल सेवा परीक्षा छोड़ने पर नकारात्मक टिप्पणी सुननी पड़ती थी। ऐसे ही एक बार आर्थिक रूप से तंग हालात में बैठे प्रकाश तब नाराज़ हो गए थे जब किसी ने फोन पर उनसे पैसे का तक़ादा कर लिया था। उस दिन प्रकाश इतने नाराज़ हुए थे कि सामने बैठे सनी को उन्होने बहुत गालियां दी थीं और अपने आर्थिक रूप से कमज़ोर हालात का जिम्मेदार उसे ही बताया था। सनी कुछ नहीं बोला था लेकिन उसकी आँखें छलछला उठी थीं।

प्रकाश ने उसे घर से भाग जाने तक को कह दिया था। सनी चुपचाप कमरे में लेट गया था। प्रकाश गाली देते हुए कहीं चले गये थे। प्रकाश के जाने के बाद सनी अपने भाई बहनों के सामने अपने पिता पर खूब चिल्लाया था। चिल्लाकर जब वह शांत हुआ था और बैठा था तभी उसके पास एक कॉल आयी थी। कॉल सनी के चाचा जी की थी। चाचा ने सनी से खाना खाने का कई बार आग्रह किया था। सनी को यह समझते देर न लगी थी कि उसके पिता अपने बोलने पर शर्मिन्दा हैं लेकिन परम्परा के रूप में चली आ रही प्रथा के कारण वह अपने पुत्र

के सामने प्रत्यक्षतः झुकना नहीं चाहते। सनी ने पिता के भावों को समझकर खाना खा लिया था और पिता के प्रति अपने समस्त गिले-शिकवों को भुला दिया था। फिर भी वर्तमान हालात का जिम्मेदार वह खुद को समझते हुए, हालात को जल्द से जल्द बदलना चाहता था। दो दिन बाद वह कहीं चला गया था, इसी बात से नाराज़ प्रकाश ने उससे अब तक बात न की थी।

दो महीने बाद सनी घर आया था। प्रकाश का पांव छूकर जब अन्दर गया तो घर के सारे सदस्य खुश हो गये। खुश तो प्रकाश भी हुआ परन्तु उसने यह खुशी झलकने न दी। मां के पूछने पर सनी ने बताया कि उसने एक प्राइवेट कम्पनी में नौकरी शुरू कर दी है। प्रकाश को यह सुनकर बहुत बुरा लगा। वह अपने पुत्र को सिर्फ पैसे कमाते नहीं देखना चाहते थे बल्कि उसे सम्मानित और गौरवपूर्ण पद पर देखना चाहता था। मां सनी के द्वारा दिये हुये बीस हज़ार रुपये, प्रकाश को देने आयीं तो प्रकाश ने उसे, न इंकार किया और न ही स्वीकार। रुपये मेज पर रखकर मां अन्दर चली गयीं। प्रकाश अपने बेटे की इस असफलता से अन्दर ही अन्दर जलने लगे। वह सनी को ठीक से देख नहीं पाते थे। उसे देखते ही प्रकाश के मन में निराशा और बेटे की असफलता की अग्नि धधक उठती।

हालांकि सनी इसे अपनी असफलता नहीं मानता था परन्तु अपनी नियति की तरफ़ बढ़ने में गति की कमी के कारण वह निराश ज़रूर रहने लगा। उसके भी अन्दर कोई न कोई गुत्थी उलझी हुयी थी जिसे वह सुलझा पाने में खुद को अक्षम महसूस कर रहा था।

एक दिन प्रकाश अपने मित्र के कहने पर उनके संग जिला महोत्सव देखने गये। मित्र ने रास्ते में बताया कि उनके पुत्र ने मेडिकल में टॉप किया है इस वजह से आज उसे जिलाधिकारी महोदय द्वारा सम्मानित किया जायेगा। साथ ही साथ मित्र ने यह भी कहा "सनी तो बर्बाद हो गया, वरना कहीं न कहीं जिलाधिकारी बन प्रतिभाओं को सम्मानित कर रहा होता।" प्रकाश मित्र के द्वारा दुखती रग पर हाथ रखने से तिलमिला उठे। उन्हें अपने पुत्र पर, कभी मोह आता तो कभी क्रोध। इसी व्यंग्य से व्यथित होकर वह सनी से ठीक से बात भी नहीं कर पाते थे।

वे अपने पुत्र के रवैये पर पुनः दुखी हो गये और सोचने लगे कि उन्होंने अपनी सारी खुशियां बेटे के लिए कुर्बान कर दी लेकिन बेटे ने उन्हें निराश किया। सब कुछ बर्बाद हो गया। रास्ते में चलते-चलते उन्होंने सोचा साहित्य में ही यदि सनी कुछ अच्छा किया होता तो जिलाधिकारी महोदय द्वारा सम्मानित होता लेकिन उसने तो कुछ भी ठीक ढंग से नहीं किया, उसने सिर्फ मेरे मित्रों को व्यंग्य करने का अवसर ही दिया।

प्रकाश जब जिला महोत्सव में पहुंचे तब उनके मित्र के सदस्यता कार्ड दिखाये जाने पर प्रकाश एवं उनके मित्र को आरक्षित सीट पर बैठने को कहा गया। बहुत से प्रतिभावान बच्चे अपने अभिभावकों के साथ वहां आये हुए थे। प्रकाश वहां खुद को असहज पा रहे थे। उनके सपने के टूटने का दर्द उन्हें बहुत तकलीफ़ दे रहा था। वह बार-बार अपने बेटे का चेहरा देखते और निराश हो जाते। थोड़ी देर में जिलाधिकारी महोदय एवं कुछ विशिष्ट गण मंच पर आये। भाषण दिया। एक-एक प्रतिभावान आते, सम्मानित होते और चले जाते। सभी दर्शक तालियां बजाते तो प्रकाश भी अनमने ही दोनों हाथों की हथेलियां ठोक देते। जब सिविल सेवा परीक्षा के एक चयनित मेधावी को बुलाया गया तब प्रकाश का हृदय अन्दर ही अन्दर जोर से कराह उठा। वह उठकर चलने को हुए तो मित्र ने हाथ पकड़कर कुछ देर के लिए और रोक लिया। अन्त में जिलाधिकारी महोदय ने इस जिले और पूरे देश में हिन्दी साहित्य क्षेत्र में उभरते साहित्यकार मुकुल मानस को उनकी नयी एवं अनूठी रचना ''नियति' के लिए मंच पर आमंत्रित किया। प्रकाश अधीर हो गये। मुकुल मानस जब मंच पर आये तो युवाओं ने उनका जोरदार तालियों और विशेष प्रकार के ओजपूर्ण स्वरों से स्वागत किया। मुकुल मानस के आते ही पूरा माहौल नयी ऊर्जा से भर गया। युवक तो युवक, युवतियां भी मुकुल को देखने के लिए उत्साहित हो उठीं।

मुकुल ने सभी का प्यार स्वीकार किया और अपनी अपनी जगह पर बैठ जाने का निवेदन किया। सभी लोग शांत होकर उन्हें सुनने लगे। उन्होने बहुत भावपूर्ण भाषण दिया। भाषण के अन्त में उन्होंने कहा ''मित्रों, आप सभी लोगों के इस स्नेह से मुझमें एक नयी घटना घटित हो रही है। मैं सत्य को स्वीकार करने के लिए खुद से ही प्रेरित हो रहा हूँ। जो स्नेह, जो प्रेम आप लोग मुझे दे रहे

हैं, उसका हक़दार मैं अकेले नहीं हूँ बल्कि मेरे मित्र सनी शुक्ला भी हैं; और यदि मैं यह कहूँ कि सबसे अधिक हकदार वही हैं तो मैं गलत नहीं हूँगा। क्योंकि रचना "नियति" का नब्बे प्रतिशत उन्होंने और दस प्रतिशत मैंने रचा है। उनकी किसी मजबूरी के कारण उन्होंने अपनी रचना महज तीस हज़ार रुपये में मेरे हाथों बेंच दी, और मेरे लाख मना करने के बाद भी मुझे लगभग मजबूर ही कर दिया कि मैं इस कृति को अपने नाम से प्रकाशित करवाऊँ लेकिन इस स्नेह और सम्मान से रचना के असली हक़दार को मैं वंचित नहीं करना चाहूँगा इसीलिए मित्रों, मैं बुलाना चाहूंगा, सनी साहब के आदरणीय पिता श्री प्रकाश शुक्ला जी को"।

प्रकाश हैरान रह गये कई बार बुलाने पर वह उठकर मंच पर गये दर्शकों की तालियों ने वातावरण को ध्वनि से भर दिया। मंच पर पहुँचते ही जिलाधिकारी महोदय ने प्रणाम किया और बोले "धन्य हैं आप! आपने इस सदी को एक महान रचना दी है; आपकी रचना आपका पुत्र, कई महान रचनाओं का हक़दार बनेगा।"

चारों तरफ़ गूंजती तालियों से उत्पन्न ध्वनि के बीच पिता को अपने पुत्र की नियति पर भरोसा हो गया।

5

आभा

विवाह के दूसरे दिन की सुबह-सुबह चंदन ने अपनी बाइक निकाली और कहीं निकल पड़ा। रास्ते में बाइक चलाते वक़्त वह कुछ बुदबुदा रहा था। उसके होंठ हिल रहे थे किन्तु आवाज़ अस्पष्ट थी। आती-जाती गाड़ियों से साइड लेते हुए वह शहर से बाहर हो गया। आगे चलकर एक सुनसान सड़क पर मुड़ा कुछ दूर चलने पर एक बगीचा मिला। चंदन बाइक रोककर खड़ा हो गया। उसने अपनी ऊपर की ज़ेब से सेलफ़ोन निकालकर किसी को फ़ोन लगाया। उसने वहीं खड़े-खड़े लगभग एक घंटे तक बात की। कभी रोया, कभी सफ़ाई दी, कभी क्षमा माँगी तो कभी चिल्लाया भी। एक घंटे की बात का मुख्य विषय यही था कि उसने मज़बूरी में विवाह कर लिया है उसने उस लड़की को धोखा नहीं दिया। बातचीत के दौरान उसने उस लकड़ी से ये भी वादा किया कि यदि वह लड़की कहती है तो वह अपनी नयी नवेली दुल्हन, अपनी धर्म-पत्नी पम्मी को छोड़ भी देगा। बात-चीत ख़त्म हुई। उसने फोन कट करके जेब में रखा, बाइक स्टार्ट की, मोड़ कर वापिस घर आ गया।

विवाह को चार-पांच दिन बीता। चंदन के अनमने व्यवहार से पम्मी को

दुःख पहुंचा और उसके दिमाग़ में तरह-तरह का संदेह उत्पन्न हो गया, परन्तु पुख्ता प्रमाण न मिल पाने की सूरत में कुछ क़दम उठाना उसने उचित नहीं समझा।

पम्मी घर की लॉबी में बैठी थी, बैठे-बैठे अख़बार देख रही थी। दोपहर के एक बज़ रहे थे। चंदन के पिता जी ऑफिस गए हुए थे और पम्मी की सासू माँ यानी चंदन की माताश्री पड़ोसी के यहाँ कथा सुनने गयी थीं। घर में पम्मी अकेली थी। चंदन आया, पम्मी के सोफ़े के सामने वाली कुर्सी पर बैठ गया। बिना कुछ बोले कांच की मेज़ पर रखे शेष अख़बार को उठाकर पढ़ने लगा। पम्मी ने अख़बार को हल्का सा उठाकर चंदन को देखा फ़िर अख़बार पढ़ने लगी। थोड़ी देर प्रतीक्षा करने और चंदन के कुछ ना बोलने पर पम्मी ने अख़बार रखते हुए चंदन से पूछा "कहाँ थे आप?"

"................"

"अरे आप ही से पूछ रही हूँ...।"

चंदन ने अख़बार को मेज़ पर रख दिया, सामने देखकर बोला "क्या पूछ रही हैं आप..."

"कहाँ गए थे आप?"

"बस ऐसे ही... एक दोस्त से मिलना था...।"

"पानी लाऊं?"

"नहीं"।

पम्मी आकर चंदन के बगल बैठ गयी। वह कुछ देर अनमने ही बैठा रहा। पम्मी ने उसका हाथ पकड़ा तो उसने बड़ी सहूलियत से हटा दिया।

पम्मी ने कहा "आप हमसे अज़नबियों जैसा व्यवहार क्यों करते हैं?"

"क्योंकि हम अजनबी ही हैं।"

"हम पति-पत्नी हैं।"

"दुनिया की नज़र में।"

"क्यों?"

“क्योंकि मैं किसी और से प्यार करता हूँ...।”

“कौन है... वह?”

“बता नहीं सकता?”

“कैसी दिखती है?”

“बहुत खूबसूरत! दुनिया में सबसे ज्यादा खूबसूरत।

“कहाँ रहती है?”

“कहा ना.... बता नहीं सकता।” तेज़ आवाज़ में डांटते हुए चंदन उठकर दूसरे सोफ़े पर बैठ गया।

पम्मी सोफ़े से उठी, रसोई की तरफ चल पड़ी। जाते हुए बोली। “आपको उसे छोड़ना होगा।” पम्मी अन्दर रसोई में चली गयी।

चंदन ने तेज़ आवाज़ में, रसोई की तरफ़ मुहं करके जवाब दिया। “इस ग़लतफ़हमी में न रहना, उसे मैं कभी नहीं छोडूंगा बल्कि उसे आपत्ति हुई तो तुम्हें छोड़ दूंगा।”

रसोई से कोई आवाज़ नहीं आयी। चंदन कुछ देर बैठा रहा। उठा फ्रिज़ से पानी निकालकर पीने लगा, पानी पीकर वह फ़िर कहीं बाहर चला गया। थोड़ी देर बाद पम्मी चाय लेकर आयी। चंदन को वहां न पाकर वह क्रोध से भर उठी। चाय मेज़ पर रखकर, सोफ़े पर बैठ गयी और ज़ोर-ज़ोर से रोने लगी।

सात महीने बीत गए विवाह हुए। चंदन के स्वभाव व व्यवहार में कोई परिवर्तन नहीं आया। उसके घर वाले बहुत दुखी रहने लगे। उसके ससुराल वाले तो उसे दुश्मन ही समझने लगे। बिंदास, मस्त और खुशमिज़ाज रहने वाली पम्मी अब उदास रहने लगी। अभी सात महीने पहले जब पम्मी इस घर में आयी थी तो चंदन के सभी रिश्तेदारों के बीच एक ही बात की चर्चा थी कि चंदन की दुल्हन से ज़्यादा खूबसूरत उसके पूरे रिश्तेदारी में कोई नहीं है। लेकिन अब यह स्थिति है कि पम्मी के चेहरे से पूरी चमक ही ग़ायब हो गयी थी। उसने किसी भी प्रकार का श्रृंगार करना छोड़ दिया था। पम्मी ने अपने विवाह को लेकर बहुत सपने देखे थे। विवाह से पहले उसकी सहेलियों में सिर्फ पम्मी ही ऐसी थी जो खुलकर स्वीकार करती थी कि वह इतनी खूबसूरत है कि उसका पति उसको पलकों पर बिठाकर

रखेगा। सब बर्बाद हो गया।

पम्मी इस बर्बादी को अपनी क़िस्मत समझने लगी। उसके जीवन का अब एक ही लक्ष्य रह गया था। उस लड़की से किसी भी प्रकार से मिलना, जिसने उसके पति को दीवाना बना रखा था। वह बस यही देखना चाहती थी कि वास्तव में उस लड़की में इतना ख़ास है क्या? जिसे चंदन छोड़ नहीं सकता।

पम्मी ने खूब पूछताछ की लेकिन सबने उस लड़की के बारे में बता पाने में अपनी असमर्थता दिखाई। चंदन के कुछ रिश्ते के भाई और मित्र पम्मी से बराबर सम्पर्क में रहते, उन्हीं में से चंदन का एक दूर का भाई शुभम जो दिल्ली में रहता था, मौके का फ़ायदा उठाकर भाभी से चक्कर चलाना चाहता था। इसीलिए वह मदद करने के बजाय चंदन के बारे में उल्टी-सीधी बातें ही बताता रहता था। पम्मी का सम्पर्क उससे कुछ ज़्यादा ही हो गया था। अवसर का लाभ उठाते हुए एक दिन शुभम ने पम्मी से अपने दिल की बात बोल दी। फ़िर क्या था, पम्मी ने उसे जो लताड़ा और उसकी औक़ात याद दिलाई कि उसका सारा आत्मविश्वास डोल गया और उस घटना के बाद फ़िर कभी पम्मी को फ़ोन करने की हिम्मत न हुई।

अभी तक तो चंदन कहीं बाहर जाकर ही बात किया करता था लेकिन अब वह रात में पम्मी के सो जाने पर दबे पाँव बाहर निकलकर घर में ही बात करने लगा। जब भी रात में चंदन फोन लगाकर बात करता था तभी पम्मी बिस्तर से उठकर आती और दरवाज़े के पास छुपकर उसकी सारी बातें सुना करती थी। चंदन के वापस आने पर दौड़ कर बिस्तर पर पड़ जाती और सोने का अभिनय करने लगती थी। लेकिन उसकी आँखें उसके दिमाग़ की न सुनकर उसके हृदय का सुनती थीं और वह लगातार बरसती रहती थीं।

चंदन इतना पत्थर-दिल था कि बहते आंसुओं को देखकर भी अनदेखा कर देता था। सारा मामला समझते हुए भी कोई प्रतिक्रिया नहीं देता। पम्मी घुट-घुट कर जी रही थी। किसी लड़की के लिए इससे बड़ा दुःख क्या हो सकता है कि उसका पति उसके डोली के उतरते ही उससे कहे कि वह किसी और से प्रेम करता है।

इन सात-आठ महीनों में दस दिन के लिए एक बार ही पम्मी अपने मायके

गयी थी। उसका हृदय कहीं सुकून महसूस कर ही नहीं रहा था। बस अपने ससुराल में ही पड़ी रहती और दिन रात चंदन को मनाने में लगी रहती कि वह बेरहम उसमें भी दिलचस्पी दिखाए।

आठ महीने बीत गए, उन दोनों के बीच प्रणय सम्बन्ध भी नहीं बने। वे दोनों एक साथ सोते तो थे पर चंदन उससे कभी सीधे मुंह बात तक नहीं करता था। बस पिछले दो-तीन महीनों से जब वह रात में सो जाती थी, चंदन उसके ऊपर पैर चढ़ा लेता था। कुछ ही पलों में उसे न जाने क्या होता कि वह शीघ्रता से पैर हटा लेता जैसे कोई उसे याद दिला रहा हो कि वह किसी और से प्रेम करता है। यह पैर का चढ़ाना पम्मी को बड़ा अच्छा लगता था। जब वह पैर चढ़ाता तो पम्मी जाग ज़रुर जाती थी किन्तु वह कोई हरकत इसलिए नहीं करती थी क्योंकि उसे डर रहता था कि कहीं उसकी हरकत से वह ये तनिक सा पैर चढ़ाना भी न बंद कर दे। उसका वह पल भर का पैर चढ़ाना पम्मी को कुछ देर के लिए ही सही आनंद से भर देता।

दिन बीतते जा रहे थे। अब तक न पम्मी को उस लड़की के बारे में कुछ हाथ लगा और न ही, चंदन का व्यवहार बदला था। चंदन के कई दोस्तों से पूछने पर भी यही पता चला था कि वह बात तो किसी लड़की से करता था और करता है परन्तु उसने आज तक उस लड़की का न किसी को पता चलने दिया कि वह कौन है, कहाँ की है और उसका नम्बर क्या है। बस बताता हमेशा था कि वह इस दुनिया की सबसे खूबसूरत लड़कियों में से एक है। वह हमेशा अपने मित्रों को आश्वासन दिया करता था कि वह एक दिन सबको उससे ज़रूर मिलवायेगा।

एक रात जब पम्मी सोने का अभिनय कर रही थी तब चंदन उठा, बाहर गया, पीछे पम्मी भी गयी दरवाज़े के पीछे खड़ी होकर सुनने लगी उसने सुना "तुम परेशान क्यों हो रही हो मेरी जान! मैं आज के बाद कभी उसे नहीं छुऊंगा"। उधर से कुछ बोला जा रहा था, जिसे पम्मी सुन न सकी उसने पुनः चंदन का ही जवाब सुना "अरे नहीं वह तुमसे ज़्यादा खूबसूरत नहीं है फ़िर भी तुम कह रही हो तो मैं उसकी खूबसूरती मिटा दूंगा।" यह सुनते ही पम्मी डर गयी वह भागी-भागी बिस्तर पर जाकर लेट गयी। चंदन फ़ोन पर बात करते हुए आया और सिगरेट जलाई। पम्मी ने आँख खोलकर देखा वह सिगरेट जलाकर पम्मी

की तरफ़ आ रहा था। पम्मी सहम गयी कि वह बात करते हुए आगे बढ़ा और उस लड़की को समझाते हुए बोला "जान प्लीज़ तुम नाराज़ न हो! वह तुमसे ज़्यादा नहीं है फ़िर भी तुम चाहती हो तो मैं उसके सुंदर चेहरे को बदसूरत बना दूंगा।" जलती सिगरेट और उसकी कसम को सुनकर, पम्मी उसके इरादे को भांप गयी। वह समझ गयी कि यह आदमी उसके बेदाग़ चेहरे को दाग़दार बनाने के लिए सिगरेट से जला देगा। वह चिल्लाने लगी, चंदन सहम गया। ज़ल्दी से उसने फ़ोन छुपा लिया और सिगरेट फेंक दी। पम्मी दौड़ कर उसका फ़ोन देखने के लिए झपटी, फ़ोन हाथ तो लगा मगर चंदन ने पकड़ लिया। दोनों फ़ोन छीनने के लिए ज़ोर-जबरदस्ती करने लगे। पम्मी ने ज़ोरदार झटका मारा, चंदन बिस्तर पर गिर गया। पम्मी ने कॉल हिस्ट्री चेक की, वह हंसते हुए कहने लगा "तुम्हें क्या लगता है... मैं इतना बेवकूफ़ हूँ! मैं बात करने के दौरान ही कॉल हिस्ट्री डिलीट कर देता हूँ"। पम्मी इस हार से और अपने पति के इस ख़तरनाक व्यवहार से सिहर उठी। वह ज़ोर-ज़ोर से रोने लगी। चंदन चुपचाप लेट गया उसने कोई प्रतिक्रिया ही नहीं दी।

कई दिन बाद एक रात को चंदन ने हद ही पार कर दी। उसके फ़ोन पर बात के दौरान पम्मी ने सुना कि वह उस लड़की को घर पर बुला रहा था। पम्मी का हृदय स्पंदन बहुत तेज़ हो रहा था। वह उस सौतन को देखने के लिए बेताब हो गयी। चंदन बात करते-करते वापिस कमरे में आने लगा तो पम्मी लेटकर बिस्तर पर सोने का अभिनय करने लगी। चंदन अन्दर आया और देखा कि पम्मी सो रही थी। वह बाहर आया। पम्मी की आँख खुली। वह बाहर से दरवाजे को बंद करके उस लड़की को नीचे से लाने चला गया। बाहर से बंद दरवाज़े को देखकर पम्मी के सारे इरादे पर पानी फ़िर गया। वह तड़प उठी।

चंदन उस खूबसूरत लड़की को लेकर ऊपर आया। बगल के कमरे में बैठाया, पानी पहले से उस कमरे में रख दिया था। पानी पीने का आग्रह किया और बात करने लगा। उसके बात-चीत की हल्की-हल्की आवाज़ अपने कमरे में दरवाज़े से चिपकी पम्मी के कानों में पड़ रही थी लेकिन लड़की की आवाज़ वह सारे प्रयासों के बाद भी सुनने में असफल रही। घंटों बातचीत के बाद चंदन फ़िर कमरे में वापस आने लगा तो पम्मी पुनः लेट गयी थी। वह कमरे से होते हुए रसोईं में चला गया। पम्मी अवसर का लाभ उठाकर बाहर चली गयी। बाहर

जाकर उस कमरे के पास पहुंची तो फ़िर असफल हुई। चंदन ने उस कमरे में बाहर से ताला लटका रखा था और चाभी वह अपने पास लेकर गया था। पम्मी चंदन के डर से पुनः अपने कमरे में आ गयी थी। रसोईं से लौटते वक्त चंदन ने देखा कि पम्मी सो रही थी। वह दो कप चाय लेकर सीधा उस कमरे में चला गया था। इस बार पम्मी के कमरे का दरवाज़ा भी बंद नहीं हुआ था। पम्मी दौड़ते हुए बाहर गयी। उस कमरे का दरवाज़ा अन्दर से बंद था। कान लगाकर सुनने पर उसे फ़िर से चंदन की ही आवाज़ सुनायी दी। उसने इधर-उधर देखा, एक मेज़ लेकर आयी और एक छोटी मेज़ भी। उस पर चढ़कर उसने रौशनदान से कमरे में देखा। अन्दर देखते ही वह हैरान हो गयी। उसने कमरे में चारों तरफ़ नज़र दौड़ा कर देखा तो कोई नहीं था। एक सोफ़े पर देखा तो चंदन अकेले ही बात कर रहा था, वह ऐसे बात कर रहा था कि जैसे सामने कोई लड़की बैठी हो और वह उससे बात कर रही हो पम्मी देखकर हैरान थी। थोड़ी देर बाद वह और भी हैरान हो गयी जब उसने देखा कि उसका पति उस लड़की को सम्मान के साथ छोड़ने जा रहा था, उसने उस लड़की को ''किस' किया जो वास्तव में थी ही नहीं। पम्मी हैरान हो गयी। वह डर गयी। उसकी आँखें भर आयीं। चंदन उस अदृश्य लड़की को छोड़ने नीचे चला गया।

पम्मी ने कई घटनाओं को गहनता से देखने के बाद अपने दूर के मनोचिकित्सक भाई से सलाह ली तो चिकित्सक ने बताया ''कभी-कभी इंसान के साथ ऐसा होता है कि वह अपने सपनों के किसी विशेष ऑब्जेक्ट को अपनी वास्तविक दुनिया में स्वीकार कर उसे हकीक़त मानने लगता है; उसे अवांछित आवाज़ें भी सुनाई देती हैं, इस बीमारी का नाम ''स्त्रेज़ोफेनिया'' है। यही चंदन के साथ भी हो रहा है; वह अपने ख्यालों की उस लड़की की आभा से बहुत प्रभावित है इसलिए उसे हकीक़त मान बैठा है। यह एक गंभीर मनोरोग है। तुम्हें उससे हमेशा प्यार से ही पेश आना होगा और अपनी सुरक्षा की दृष्टि से सावधानी बरतनी होगी। उसे तुम्हारे प्रेम से ही वास्तविकता का एहसास कराया जा सकता है। साथ-साथ सहायता के लिए मैं उसका इलाज़ भी करता रहूँगा''।

पम्मी एक बार फ़िर से रो पड़ी।

6

भद्दे आदमी

''तुझे पता नहीं है क्या साले! मन्नू कालिया से बात कर रहा है तू।'' मन्नू फोन पर बात करते हुए किसी को डाँट रहा था। अपने नाम की धमकी दे रहा था। शायद उधर बात कर रहा आदमी डर गया था, यह मन्नू के चेहरे पर साफ़-साफ़ झलक रहा था।

''साले दस दिन के अन्दर पूरा का पूरा पैसा पहुँच जाना चाहिए, वरना शहर के हर नाले में तुम्हारे ही शरीर के टुकडे होंगे।''

''जी भइया, हम पहुँचा देंगे, हमें माफ कर दीजिए।''

''चल ठीक है फोन रख हमें और भी काम है।''

''भइया प्रणाम।''

''ठीक है।''

मन्नू कालिया ने फोन काटा। कमरे में रखी मेज पर एक डायरी रखी थी। मन्नू ने डायरी खोलकर उसमें से पचास वर्षीय महिला की तस्वीर निकाली।

हैरानी से देखते हुए बोला- "कमाल का केस है" उसने तुरंत फिर कहीं फोन लगाया।

"हैलो... प्रणाम भइया जी!"

"हाँ खुश रहो मन्नू! क्या हाल है?"

"भइया हाल तो ठीक है ये कैसा केस दे दिया है, आपने! 50 साल की बूढ़ी औरत को मारना है!?"

"हाँ भइया! और पचास साल कोई बुढ़ापे की उमर तो नहीं है ...हैलो ...हैलो मन्नू?

"हाँ हाँ भइया सुन रहे हैं।"

"अच्छा सुन रहे हो..भाई उमर-सुमर मत देखो ... मालदार पार्टी है; खरा सौदा है। इसका बेटा ही इसे मरवाना चाहता है।"

"हरामी है क्या ...।"

"अरे अब हमें क्या करना है। अकूत दौलत की मालकिन है और इसका चक्कर किसी नेता से चल रहा है। लौण्डे को डर है कहीं शादी-वादी करके सम्पत्ति उसे दे देगी तो, वह घण्टा बजायेगा।"

"आप भी न भइया पैसे के चक्कर में आँख ही बन्द कर लेते हैं। सही गलत देखते ही नहीं हैं" कहते हुए मन्नू कमरे में टहल रहा था। उधर से मन्नू के भइया का जवाब आता है।

"मेरे शेर तुम्हारा नाम "कालिया" इसलिए नहीं जोड़ा कि तुम शिक्षा दो मुझे, सही गलत का पाठ पढ़ाओ। अच्छा काम है, निपटाओ जल्दी पैसे आयें हाथ में।

"जी भइया कल ही कर देते हैं।"

"हाँ करो-करो।"

"जी भइया प्रणाम!"

फोन रखने के बाद मन्नू बाहर निकल कर आया। मालती के पास जाकर खड़ा हुआ। मालती ने मन्नू के इरादे को भाँप लिया कि मन्नू किसी कारणवश डिस्टर्ब है। अब वह प्यार करेगा मुझे, ताकि उसका दिल सुकून पा सके। मालती ने इतराते हुए अपने कमर पर रखे मन्नू के हाथ को हटा दिया। मन्नू ने उसे खींचकर अपने आलिंगन-पाश में भर लिया और उसके गाल पर अपने अधरों को चिपका दिया। दोनों मादकता की गिरफ्त में आने लगे। सामने से मन्नू की माँ ने उसे पुकारा। वह हड़बड़ाकर दूर हट गया और शर्म की एक लहर उसके चेहरे पर पुत गयी।

"मालती हमें आज ज़ल्दी सोना है, क्योंकि सुबह मुझे किसी विचित्र काम पर जाना है। कहते हुऐ मन्नू बगल में लेटी मालती के ऊपर पैर चढ़ाकर उससे चिपक गया।

मालती लेटी रही और प्यार से मन्नू के हाथों को सहलाते हुए बोली "विचित्र काम!"

"हाँ है कुछ... बहुत विचित्र।"

"तुम ये गुण्डागर्दी छोड़ क्यों नहीं देते।"

"गुण्डागर्दी! अरे नहीं मालती, तुम ग़लत समझ रही हो, हम गुण्डागर्दी कब करते हैं।"

मालती तुनक कर बोली "तुम क्या करते हो, जैसे हमें पता ही नहीं है" फिर उसके चेहरे पर डर के भाव आए "हमें डर बहुत लगता है।"

"अरे नहीं मेरी जान तुम डरो मत, हम काम खत्म करने के बाद कहीं बेहतरीन जगह घूमने चलेंगे, जहाँ कभी हम गये ही न हों। तुम होगी हम होंगे और अम्मा होंगी।" दोनों बातें करते-करते नींद की आगोश में चले गये।

सुबह-सुबह का समय था। मस्त ठंढी हवा बह रही थी। पछी कलरव कर रहे थे। शुक्ल पक्ष की चाँदनी रात के बाद की खूबसूरत उजाली सुबह थी, अंधेरे और उजाले के संक्रमण के समय मन्नू, मालती और अम्मा एक बस स्टेशन से

जंगल की तरफ बढ़ रहे थे। बस में मिले अपने ही शहर के व्यापारी शर्मा जी से विदा लेकर वे दूसरी तरफ चले गए। मन्नू ने, रास्ते में खड़े एक विचित्र-भद्दे और मोटे आदमी से, जो कि इन तीनों को घूर रहा था, पता पूछा। उसने इशारे से ही सामने की तरफ जाने को कहा। आगे चलकर तीनों उसके भद्देपन पर खूब हंसे। रास्ता इतना सुंदर था कि उसका वर्णन संभव ही नहीं। सड़क के दोनों तरफ खूबसूरत पुष्प थे। एक स्निग्ध सुगंध वातावरण में फैली हुई थी। तीनों इस अलौकिक स्थान पर आकर रोमांचित थे। चलते-चलते वे हरी घास के एक मैदान में पहुँचे जो चारों और से अपरिचित वृक्षों से घिरा हुआ था। उस घास के मैदान में बैठकर उन्हें आनन्दमयी अनुभूति हुई।

अम्मा उठकर दूर-दूर तक उस स्थान को निहारने निकल पड़ीं। मन्नू और मालती वहीं बैठे रहे। अम्मा के थोड़ी दूर चले जाने पर उन्हें प्रेमालाप का अच्छा अवसर मिल गया। मन्नू ने अपने पैरों पर मालती के सर को रख लिया और सहलाते हुये उसके केशों को छुआ। मालती के नयन मादकता और प्रेम से भर उठे। उसने अपने प्रियतम के नयनो में नयन डालकर एक-दूसरे में खो जाना चाहा। वह ऐसे कल्पना करने लगी जैसे वे दुनिया के अस्तित्व में ही नहीं है। वे अमर हो चुके हैं। दोनों प्रेम में डूब गये। मन्नू ने एक प्रेम पूर्णचुम्बन, मालती के माथे पर किया। मालती ने कहा "मन्नू मेरा हृदय आनन्द, प्रेम और सन्तोष से भर उठा है। मैं तृप्त हो चुकी हूँ। ऐसी सुंदर जगह मेरे लिए अकल्पनीय थी। मेरा हृदय तुम्हारा सदैव कृतज्ञ रहेगा।" मालती के वचनों को सुन कर मन्नू गर्व, सुरक्षा और सन्तुष्टि की अनुभूति से लबरेज हो गया। सहसा उसे याद आया अम्मा अभी तक नहीं लौटीं, चलो देखते हैं।

वे दोनों अम्मा को ढूँढ़ते हुए जंगल में काफी दूर निकल गये। निराशा ने उन्हें अपनी गिरफ्त में लेना आरम्भ कर दिया। अचानक उनकी नज़र एक तालाब पर पड़ी, वे उधर दौड़ते हुए गये। अम्मा तालाब के किनारे बैठी बेसुध हो चुकी थीं। तालाब में हल्का नीला जल भरा हुआ था, कमल खिले हुए थे, हंसो का जोड़ा सैर कर रहा था। रंग-बिरंगी मछलियां जलक्रीड़ा कर रही थीं। मन्नू और मालती बिना कोई अवरोध उत्पन्न किए अम्मा के समीप बैठ गये और उस खूबसूरत तालाब को निहारने लगे। सहसा तीनों चौंककर पीछे गिरे। ये कैसा

चमत्कार हुआ! तालाब का नीला रंग काला पड़ गया, हंसो के जोड़े एक वीभत्स जानवर की तरह दिखने लगे, वो कमल दल से उठ रही सुगंध अब जीवित मानव शरीर के सड़ांध से उत्पन्न दुर्गंध में तब्दील हो गयी। उनकी सांसें फूलने लगीं। उन्हें घुटन होने लगी। पूरा तालाब अर्ध सड़े हुए तड़पते जीवों से भरा हुआ दिखाई देने लगा। वे वहाँ से उठकर भागे।

भागते-भागते वे फिर वहीं मैदान में पहुँचे। पहुँचते ही उनका हृदय कांप उठा। जो मैदान अभी तक हरी मखमली घास से भरा हुआ था, वहाँ अब सर्प रेंग रहे थे। असंख्य सर्प एकदम कीड़े की तरह बजबजा रहे थे। सारे अपरिचित वृक्षों से रक्त प्रवाह हो रहा था। धीरे-धीरे रक्त बढ़ता जा रहा था। उन्हें कोई रास्ता दिखाई ना दिया। हृदय मजबूत करके वे एक रास्ते की तरफ भागना चाहते थे। भागना शुरू किया और पीछे से उन्हें रक्त की नदी ने दौड़ाना शुरू किया। वे बहुत घबरा गये। वे मृत्यु के मुंह में पहुँच चुके थे। भागते हुए वे बार-बार गिर रहे थे। अम्मा तेज़ दौड़ नहीं पा रही थीं, मन्नू उन्हें घसीटते हुए दौड़ रहा था। रास्ते में उन्हें वह भद्दा आदमी पुनः दिखाई पड़ा। जब तक मन्नू उससे कुछ पूछता, उसने देखा भद्दे आदमी के पीछे हजारों भद्दे आदमी चिल्ला रहे थे, और सबके हाथों में कटार थी। अनजान भाषा में चिल्लाते हुए उस भद्दी टुकड़ी ने उन पर आक्रमण कर दिया। मन्नू ने पीछे देखा, रक्त की नदियां उफना रही थीं पर वहीं रुकी हुयी थीं। उन्होंने आगे-पीछे के बजाय बगल से भागना तय किया। वे भागने लगे। भद्दे आदमी की टुकड़ी उनके पीछे दौड़ पड़ी और उसके पीछे रक्त की नदी भी चल पड़ी।

मन्नू समझने में असमर्थ था ये हो क्या रहा है! उसे मौत से बचने का कोई रास्ता नहीं दिख रहा था। फिर भी निरुद्देश्य भाग रहे थे वे। उसके साथ शर्मा जी भी अचानक आये और भागने लगे। भागते-भागते उन्हें दिखायी दिया सामने बहुत बड़ा पहाड़ है, जहाँ चढ़ना उनके लिए असम्भव है। वे वहाँ रुक गये, मालती और अम्मा विक्षिप्त हो रही थीं। मन्नू ने हाथ जोड़कर भद्दे आदमी से गिड़गिड़ाना शुरू किया। भद्दे आदमी ने नकारात्मक मुण्डी हिलायी। कुछ कहने लगा, जो मन्नू को समझ नहीं आ रहा था। अचानक उसकी भाषा समझ में आने लगी। वह कह रहा था- "तुमने हमारी माँ को मारा है, हम तुम्हें माफ नहीं करेंगे।

जिसे तुम साधारण औरत समझ रहे थे, वह मायावी थी; वह हमारी माँ थी। वह अपने प्रेमी से प्रेम करने गयी थी, लेकिन तुम और माँ के उस नकली पुत्र ने उसके प्रेम को अवैध संबन्ध समझ कर उसे मार डाला। हम तुम्हें नहीं मारेंगे, तुम्हारी माँ और पत्नी को मारेंगे, जिनसे तुम बेहद प्रेम करते हो; हम तुम्हें तुम्हारे प्रेम से जुदा कर देंगे।''

पीछे से उसके साथी चिल्लाने लगे- ''पापी हम तुम्हें तुम्हारे प्रेम से जुदा कर देंगे, जुदा कर देंगे।'' कहते हुए अम्मा और मालती को झपट लिया। नोचने लगे चिल्लाते हुए भागने लगे। कोई पैर नोचकर भाग रहा था, कोई मुंह खरोंच रहा था, कोई केशों को पकड़कर खींच रहा था। एक छोटा भद्दा लड़का टपकते हुए रक्त को चाट रहा था। मन्नू अपने माँ और पत्नी को नहीं बचा सका। मन्नू ने चिल्ला कर कहा- ''हमने तुम्हारी माँ को अभी नहीं मारा है। नहीं मारा है हमने'' और चिल्लाते हुए रोने लगा, लेकिन उसकी आवाज खो गयी। आवाज निकल ही नहीं रही थी।

''उठो जी कितना सोते हो, तुम्हें कहीं काम पर जाना है।''मालती ने मन्नू की शरीर को थोड़ा हिलाते हुए कहा। मन्नू चौंककर उठा। उसका शरीर भीग चुका था। धड़कनें भाग रही थीं। उसने मालती को खींचकर सीने से लगा लिया।

''अम्मा कहाँ हैं,मालती ...अम्मा कहां हैं।''

''क्या हुआ कोई बुरा सपना देखा क्या?''

''अम्मा कहाँ हैं मालती ...''

''हैं तो बरामदे में ...।''

मन्नू दौड़कर बरामदे में गया और अम्मा से लिपट गया।

''अम्मा अब हम उस औरत को नहीं मारेंगे, हम किसी को नहीं मारेंगे

''हम किसी को नहीं मारेंगे अम्मा।''

7

दत्तचित्त

यूं तो सर्वादीन के घर में बात-बात पर ताण्डव होना कोई नई बात नहीं थी, परन्तु उस दिन जो हुआ वह उनके लिए दुखदायी था। उनकी क्या गलती थी? यही कि वह अपने बहू-बेटे के बीच में आ गये थे, जो कि मरने कटने को तैयार थे।

जैसे ही सर्वादीन ने बेटे को खींच कर अलग किया और बहू को डांटने लगे, तभी बहु ने सर्वादीन के मुंह पर एक ज़ोरदार तमाचा मारा। कुछ पल के लिए सन्नाटा पसर गया। बेटा दिनेश भी स्तब्ध और बाप सर्वादीन की आंखो में तो सैलाब आ गया परन्तु खुद जड़ हो गये। दिनेश अपने बाप को आये दिन गालियाँ तो देता था, किन्तु ऐसी हिम्मत कभी नहीं हुई जो उसकी पत्नी ने किया।

बहू ने सर्वादीन को गालियां देते हुए सन्नाटे को तोड़ दिया। उसके आल्हा गायक होने पर जिसपर सर्वादीन को अत्यधिक गुरुर था, उसे आज फिर हज़ारों गालियां सुननी पड़ी। सर्वादीन भरी आंखें लिए बरामदे से बाहर हो गये।

सर्वादीन एक ज़माने में इलाके के सूरमा आल्हा गायक हुआ करते थे।

कजरी और सावन में ही नहीं, सर्वादीन की कलाकारी का ऐसा जलवा था कि गांव-गांव में यदि किसी के घर मुण्डन-मसवारा, विवाह-तिलक आदि होता तो लोग सर्वादीन के लिए द्वार पर मंच ज़रूर सजाते थे।

सर्वादीन भी छः फुटे जवान तो थे ही; जब साफ़ा बांधकर राजाओं की वेष-भूषा में मंच पर उतरते, माइक को मुंह से फूंककर सही ढंग से काम करने का इत्मिनान करते। दर्शक दीर्घा से अभिवादन करके मां सरस्वती के लिए प्रार्थना गीत गाते तो, दर्शकों में भक्ति भाव फ़ैल जाता था। प्रार्थना के बाद जैसे ही सर्वादीन सम्राट की भूमिका में आते हुए, तलवार निकालते, हुंकार भरकर मंच पर इधर से उधर कूदते तो दर्शक दीर्घा में बैठे लोगों के चेहरे की भाव भंगिमा वैसी ही हो जातीं जैसा सर्वादीन चाहते थे।

सर्वादीन को नव रसों से खेलना बखूबी आता था। ख़ासकर वीर और रौद्र रस में तो वो ऐसा समां बांधते कि सुनने वालों के रोंगटे खड़े हो जाते; पूरे शरीर में एक झुनझुनी दौड़ उठती। दर्शक खुश होकर नज़राने की बरसात कर दिया करते थे। उन दिनों सर्वादीन को अपने द्वार पर मंच देना लोगों में सम्मान और गर्व की बात हुआ करती थी।

किसी भी आयोजन में यदि सर्वादीन का आल्हा सुना जाता था, और जब वह कहते - "*मुर्चन मुर्चन बेंदुला मरिगा, उदल कहैं, पुकारि पुकारि, छाड़ा न जाइहौ कोउ मोहरा ते...* तो दर्शकों में जबरदस्त ऊर्जा प्रवाह देखने को मिलता। माहौल दर्शकों की तालियों से गूंज उठता, घर मालिक का सीना चौड़ा हो जाता।

सर्वादीन की प्रसिद्धि ऐसी कि ज़माने के एक नामी आर. जे. उनसे मिलने आये और उन्हें रेडियो स्टूडियो में आने का न्योता दिया। सर्वादीन रेडियो स्टूडियो में गये और वहां भी ऐसा कार्यक्रम प्रस्तुत किया कि रेडियो के वे श्रोता जिन्हें आल्हा के बारे में कुछ भी पता नहीं था, रेडियो से चिपके रहे।

उनके पिता सरकारी स्कूल में अध्यापन करते थे, इसलिए उस ज़माने में शानदार घर बनवाया था। बढ़िया आठ-दस कमरे, बड़ा सा आंगन, आंगन के चारों तरफ बरामदा, फिर बड़ा भारी सा सहन दरवाज़ा; दरवाजे से सटा हुआ एक लम्बा चौड़ा बरामदा, सारा घर पक्का फर्श-प्लास्टर सहित, और छत में बेहतरीन

नक्काशी। आगन्तुक की शानदार सेवा सत्कार के लिए दो बैरे भी रखे गये थे। सर्वादीन भी बाप का नाम रौशन ही कर रहे थे, क्योंकि नाचने गाने से तो उनके बाप को परहेज था परन्तु आल्हा जैसी विधा के वह स्वयं बड़े प्रशंसक थे।

समय बीतता गया। नई-नई संस्कृतियां विकसित हुयीं। फिल्मों का चलन बढ़ गया। आरकेस्ट्रा संस्कृति का जन्म हुआ और देखते ही देखते लोगों ने इसे हाथों हाथ लिया। इसकी मार आल्हा पर पड़ी। विशेष आयोजनों में आल्हा मंच सजना बंद हो गया। अब आल्हा से आय के बारे में सोचना बेईमानी सा होने लगा। सिर्फ आल्हा सावन में लोग सुनने लगे वो भी बहुत कम।

सर्वादीन जब कभी मौका पाते तो मंच पर चढ़ते ज़रूर थे, परन्तु वैसे कद्रदान न मिल पाने की वजह से अनमने ही गा बजाकर लौट आते। उम्र भी घट चली थी। जवानी में आय का अन्य कोई स्रोत न बना सके थे। पेट के भूगोल ने उन्हें मजदूरी के अर्थशास्त्र में ढकेल दिया। सर्वादीन बगल गांव के एक सेवानिवृत्त (रिटायर्ड) स्टेशन मास्टर प्रभु पाण्डेय के यहां मज़दूरी करने लगे थे। ट्रैक्टर चलाना, भैंस-गाय को चारा खिलाना, खेती का काम देखना, खाद-बीज का प्रबन्ध करना; सारा काम पूरी जिम्मेदारी से करते थे। पाण्डे जी भी उन्हें पूरे सम्मान के साथ आदेशित करते थे।

सर्वादीन भूख-मिटाने तक तो कमा लेते थे, परन्तु उससे कुछ नया हो जाये ऐसा नहीं था। अभी पांच साल पहले पुत्र दिनेश के विवाह में लिया गया कर्ज भी पूरी तरह चुकता नहीं हो पाया था। पाण्डे जी के यहां सम्मान पूर्वक किसी तरह दाल-रोटी चल रही थी, अब न ऐसी उम्र थी और न ऐसा चित्त ही कि कहीं और जाकर कोई काम करें।

पाण्डेय जी का पुत्र इंजीनियर मृणाल जब घर आता था, तब सर्वादीन को थोड़ी परेशानी होती थी। वह इनसे अजीब सा नौकरों वाला व्यवहार करता था। मज़बूरी में अपमान का घूंट पीकर भी लगे रहते थे। पुत्र दिनेश विवाह से पहले बम्बई में रहता था, हज़ार-दो हज़ार कमा कर भेजता था, तो उससे कर्ज का ब्याज़ दे देते थे और अपने आय से घर का खर्च चल जाता था। विवाह के बाद दिनेश ने मुम्बई छोड़ दिया था। बहू-बेटे हमेशा सर्वादीन से लड़ते रहते गाली देते थे और

बार-बार आल्हा गायक होने पर व्यंग्य करते थे। सर्वादीन को बहू का चाल-चलन कुछ ठीक नहीं लगता था, वह पति की अनुपस्थिति में दिन भर किसी से फ़ोन पर बात करती थी।

सर्वादीन ने एक बार पकड़ लिया और डांटना चाहा तो वह चिल्लाने लगी, हाय राम बुड्ढा मेरी अस्मत लूटना चाहता है, ज़ोर-ज़ोर से सर फोड़ने लगी। सर्वादीन डर गये, हाथ जोड़कर शान्त कराया और बाहर चले गये।

जाते वक्त बहू ने कहा- "मुझसे पंगा मत लेना, आंख बन्द करके इस घर में रहा करो बुड्ढे।"

सर्वादीन सीधे जंगल में गये। एक लकड़ी ली उसे तलवार समझकर कमर में बंधे अंगोछे में लटका दिया, पेड़ों को दर्शक समझकर एक घण्टे तक खूब ज़ोर-ज़ोर से आल्हा गायन करने लगे। कभी इधर कूदते कभी उधर कूदते। जब हृदय के सारे उद्‌गार निकल गये तो घर वापस हुए।

उस दिन भी यही कुछ मुद्‌दा था, जब बहू-बेटे लड़ रहे थे। छुड़ाने गये सर्वादीन को पहली बार किसी ने मुंह पर तमाचा मारा था। उसी दिन से सर्वादीन बहुत दुखी रहने लगे थे। न किसी से कुछ बोलते थे, न कुछ कहते; जो मिलता खाकर खटिया पर करवट बदल-बदलकर रात काट लेते। सुबह होते ही पाण्डे जी के यहां पहुंच जाते, पाण्डेय जी के बहू-बेटे शहर से आये हुए थे, पिछले कुछ दिनों से यहीं रह रहे थे। इन्जीनियर साहब, आये दिन सर्वादीन के पीछे पड़े रहते, तमाम गालियां देते। वह सर झुकाये सुनते रहते और बैल की तरह अपने काम में लगे रहते।

सुबह-सुबह सर्वादीन पाण्डेय जी के द्वार पर पहुँचे। बरामदे में जाकर आवाज़ लगाई तो दरवाज़ा खुला। अन्दर से छोटी बहू निकली। सर्वादीन ने नमस्ते किया तो उन्होंने टोकते हुए कहा "आप बड़े हैं दादा जी, हम आपको नमस्ते करेंगे..."

सर्वादीन कुछ बोल न सके। छोटी बहू के आग्रह पर वे बरामदे में पड़े सोफे पर बैठ गये। पूछने पर पता चला, पाण्डेय जी, पिता-पुत्र शहर गये हैं, बैंक से

पैसे निकालने। छोटी बहू के खूबसूरत मासूम चेहरे को देखकर, सर्वादीन के हृदयतल में प्रेम उमड़ रहा था। वह तय न कर सके कि इस प्रेम को क्या नाम दूँ.. परन्तु इतना तो साफ था कि यह हृदय का प्रेम था बड़ा पवित्र। सर्वादीन सोच ही रहे थे कि छोटी बहू चाय लेकर आई और मेज़ पर रखते हुए, सामने के सोफ़े पर बैठ गई।

"लीजिये दादा जी, चाय!"

"हां बहू... "(कहते हुए कांपते हाथों से) सर्वादीन ने चाय का प्याला उठाया। दोनों शान्तिपूर्वक चाय पीते रहे।

फिर बहू ने बातचीत की गरज से कहा- "दादा आप आल्हा गाते हैं न!"

"नहीं बच्ची गाता था..."।

"नहीं मैंने सुना है आप अब भी चुपके चुपके गाते हैं!"

"नहीं..."

"अच्छा ये देखिये ..."

कहते हुए छोटी बहु ने अपना स्मार्टफोन खोला, स्क्रीन पर उंगलियां फेरते हुए कुछ फ़ोटोज आगे बढ़ाती गई, फिर अचानक एक फ़ोटो दिखाते हुए बोली ... "ये देखिए दादा जी, मैं एक काव्य सम्मेलन में गयी थी...

सर्वादीन ने डरते-डरते स्क्रीन में देखा।

"दादा जी आपको शायद पता नहीं है, कि मैं शौकिया तौर पर ही सही पर एक अच्छी कवयित्री हूँ ... और क्लासिकल डांसर भी ...मुझे आप आल्हा सिखाइये प्लीज"

सर्वादीन बड़े असमंजस में पड़ गये। काफ़ी मान मनौव्वल के बाद सिखाने को तैयार हुए, परन्तु एक शर्त रखी कि तभी सिखाएंगे जब वह अकेली हो ताकि सर्वादीन पूरे आत्मकेन्द्रित होकर एक-एक अभ्यास सिखा सकें। छोटी बहू ने शर्त मंजूर कर ली।

सर्वादीन इस समय कुछ प्रसन्न रहने लगे। आर्थिक विपन्नता तो थी परन्तु

मानसिक शान्ति ने उससे लड़ने का साहस दे दिया था। अवसर पाते ही छोटी बहू और सर्वादीन इकट्ठा होते और छोटी बहु एक-एक अभ्यास सीखती जातीं।

लगभग पांच महीने बीत गये। सर्वादीन के बहू-बेटा, सर्वादीन के नाम बची दो बीघा ज़मीन बेचना चाहते थे और उससे घर की मरम्मत करवाना तथा दस हजार दिनेश अपने ससुर को देना चाहता था। सर्वादीन के मना करने की वजह से पिछले दस दिन से घर में कलह मची हुई थी। सर्वादीन फिर चिन्तित रहने लगे।

एक सुबह वह जब पाण्डेय जी के यहां पहुंचे तो घर पर कोई नहीं था। अवसर पाकर छोटी बहु ने तलवार पकड़ना सिखाने को कहा। सर्वादीन उन्हें सिखा रहे थे। छोटी-बहू बार बार गलतियां कर रही थीं तो वे थोड़ा नाराज़ होते हुए छोटी बहु का हाथ पकड़कर सिखाने लगे। छोटी बहू ने फिर स्वयं करके दिखाया; सर्वादीन खुश हुए।

''छोटी बहु अब आपकी शिक्षा पूरी हो चुकी है, आज तो साहब आने वाले होंगें, फिर जब हम मिलें, आप गुरु दक्षिणा दीजिएगा।''

''जी अवश्य गुरुदेव ...।''

''हम अब बाहर जा रहें हैं...''

कहते हुए सर्वादीन बाहर निकले बरामदे में देखा तो इन्जीनियर साहब खड़े थे। सर्वादीन को अकेली पत्नी के कक्ष से बाहर निकलते देख, साहब क्रोध से भभक उठे। साहब की आंखों को देखकर, वह साहब के सन्देह को तुरन्त भांप गये। सफाई देने के लिए आगे बढ़े तभी साहब ने उन्हें लाठियों से मारना शुरू कर दिया। छोटी बहू ने बाहर आना चाहा तो दरवाज़े को साहब ने बाहर से बन्द कर दिया। सर्वादीन को मार-मार कर अधमरा कर दिया। पाण्डेय जी दौड़े-दौड़े आये साहब को खींच कर अलग किया, तो साहब ने एक ज़ोर की लात सर्वादीन के चेहरे पर मारी और कहने लगे- ''साला कलाकार बनता है, इसकी बहू ने मुझे फ़ोन करके बताया कि जाइये देखिए आपके घर में क्या हो रहा है...इस नीच ने अपनी बहू की भी एक बार बांह पकड़ी थी...''। सर्वादीन पड़ा गहरी गहरी सांसे भरता रहा, छोटी बहु सफ़ाई में अन्दर चीखती रहीं।

रात में सर्वादीन शरीर और आत्मा में लगी चोट से बेसुध पड़े थे। तभी सर्वादीन के बहू-बेटा ज़मीन अपने नाम हो जाने की गरज से, बाप की हत्या का मन बनाकर आये। बेटे ने लालटेन दिखायी और नज़र को अलग टिका दिया। बहु ने सर्वादीन का गला दबाकर, उन्हें अपने चंगुल में कर लिया। सर्वादीन छटपटाते रहे बहू गले पर अपनी पकड़ और कसती रही। अन्त में महान आल्हा गायक विदा हो गया।

सुबह भीड़ इकट्ठा हुयी तो हल्ला हो गया कि सर्वादीन गरीबी और अपमान न सह सके और आत्महत्या कर ली।

क्रिया कर्म के तीसरे दिन द्वार पर भीड़ लगी थी। इन्जीनियर साहब, सर्वादीन के बेटे को बता रहे थे कि सर्वादीन ने पुत्र की शादी के लिए जो पान्डेय से कर्ज लिया था, वह अभी पूरा चुकता नहीं हुआ है इसलिए गिरवी की दो बीघा ज़मीन ज़ब्त की जाती है। छोटी बहू भी वहां उपस्थित थीं। सामने से दो आदमी इन्जीनियर साहब के पास आये, और पूछा- आदमी- ''सर्वादीन दादा कहां मिलेंगें?''

इन्जीनियर- ''कहिए क्या बात है?''

आदमी- ''हम फिल्म इंडस्ट्री में काम करते हैं, और हमारी प्रोडक्शन टीम को एक गाने के लिए आल्हा गायक चाहिए; उन्हें तीन लाख दिया जायेगा, हमने सर्वादीन दादा का नाम इन्हें सजेस्ट किया है...।

इन्जीनियर - परन्तु उन्हें मरे हुए चौदह दिन हो गये... लेकिन तुम उन्हें कैसे जानते थे?

आदमी-अरे वो तो बहुत बड़ी हस्ती थे; जिन दिनों मैं यहां रहता था उनका बहुत बड़ा प्रशंसक था।

बातचीत के बाद दोनों युवक निराश होकर जाने लगे, तभी छोटी बहू ने रोका ओर बोली कि मैं आल्हा गाऊँगी, दादा को समर्पित करके गाऊँगी, और दो अन्य कलाकार आल्हा के हैं जिन्हें मैं जानती हूँ, जो भुखमरी में हैं, मैं उन्हें वो रुपये देना चाहूंगी।

सब हैरान हो गये कि छोटी बहू भी आल्हा जानती हैं क्या? सर्वादीन की बहू अपने ससुर की महानता पर फूट-फूटकर रोने लगी...

"बप्पा इतनी ज़ल्दी काहे हिम्मत हार गए! कला छुप नहीं सकती... बप्पा होते तो हमें तीन लाख मिल जाता।"

8

दिल्ली रिटर्न

कमरे में एक कुर्सी, एक मेज़, चौकी, गैसचूल्हा, पंखा, खाने-बनाने के लिए आधारभूत बर्तन खरीद कर दिवाकर दुबे ने रख दिया। दुबे जी अभी-अभी स्नातक की शिक्षा पूर्ण कर इलाहाबाद में सिविल सेवा परीक्षा की तैयारी करने के उद्देश्य से आये हुए थे।

छोटे शहर से किसी बड़े शहर में रहने के उद्देश्य से पहली बार आने की वजह से, उन्हें यहां की हवा, खान-पान, यहां तक कि रहन–सहन भी एकदम नया और अलग दिख रहा था। जब रेडियो पर कार्यक्रम सुनने के लिए रेडियो खोलते तो कार्यक्रम के बीच में एक विशेष आवाज़ के साथ "T.G.T., P.G.T. अब इलाहाबाद में" कहते हुए कोचिंग संस्थानों का प्रचार आता तो दुबे जी को इलाहाबाद एक शिक्षा का केन्द्र ही नज़र आता, जैसा कि उन्होंने सुन रखा था।

दूबे अपने गांव के पाल जी की मदद से यहां पहुँचे थे, 600 रुपये प्रति माह की दर से उन्होंने कमरा ले रखा था। उस वक्त 600 रुपये अकेले भुगतान करने और किसी रूम पार्टनर को न रखने के फ़ैसले की वजह से, दुबे जी का

सम्मान, पाल जी की मित्र मंडली में बढ़ गया था।

दस दिन बीता तो दुबे जी ने भी खाने-बनाने का तरीका इलाहाबादियों की तरह सीख लिया। सुबह दाल-चावल और चोखा बनाते थे। यह एक विशेष विधि थी जिसमें दाल में ही चोखे के लिये आलू डाल देते थे और एक लोटे में चावल रख कर दाल वाले बर्तन में रख देते इस प्रकार दाल चावल और चोखे का आलू एक साथ पक जाता था।

इसे देखकर हर्षित होते हुए दुबे जी सोचा करते थे यही है पढ़े लिखों का दिमाग। रात के भोजन में रोटी और सब्जी बनाते थे। सब्जी में नेनुवा और पनीर ज्यादा पसन्द करते थे। बनाना, खाना, सोना-जागना नियमित होने लगा। यहां तक जब घूमने और सब्ज़ी लाने निकलते थे तो रास्ते में नमस्कार-प्रणाम का सिलसिला चलता। पाल जी ने, दो चार को छोड़ दिया जाये तो अपने गृह जनपद के मित्रों की एक मण्डली बना ली थी। उन्हीं के बीच उठते-बैठते हंसी मजाक आदि होता था। घूमने-टहलने जब रसूलाबाद ढलान पर चढ़ते, (चाहे उतरें या चढ़ें बोलते उसे ढलान ही हैं) तो चौराहे पर पहुंचते ही तमाम मित्र मिलते, चाय की दुकान पर जाते थे तो वहां छात्रों का मज़मा लगा रहता था। सभी छोटे-छोटे समूह बनाकर आपस में चर्चा करते रहते। कोई PCS प्री0 की बात करता तो कोई IAS की, कोई आरक्षण के विरोध में बात करता तो कोई IAS बन कर दिखा देने की बात करता। दुबे जी भी सबको सुन-सुनकर ऊर्जा से भर जाते।

दुबे जी को इलाहाबाद का डेढ़ रुपये का समोसा बहुत अच्छा लगता था। सुबह-सुबह दही-जलेबी खाने के तो वह दीवाने ही हो गये थे। एक महीना बीता तो तेलियरगंज के अवतार टॉकीज़ में फिल्म देखने जाना भी दुबे जी को अच्छा लगने लगा। फर्स्ट डे फर्स्ट शो दूबे जी की आदत बन चुकी थी।

एक साल हो गया। दुबे जी ने IAS की प्रारंभिक परीक्षा दी। उस समय प्रारंभिक परीक्षा में दो प्रश्न पत्र (सब्जेक्ट और सामान्य अध्ययन) हुआ करते थे। दुबे जी ने मस्ती तो की परन्तु बीते वर्ष मेहनत भी बहुत की थी। परीक्षा देकर आशा बंधी थी। मित्र मण्डली में शान और इज़्ज़त, साहब की और बढ़ गयी थी।

घर वालों ने प्रदर्शन से खुश होकर नोकिया 3220 (उस वक़्त का प्रसिद्ध

मॉडल) मोबाइल फ़ोन ख़रीदकर दुबे जी को दे दिया था। दुबे जी भी थोड़ा गुरूर में तन कर चलने लगे थे। लेकिन परीक्षा परिणाम आने पर दूबे जी की समस्त आशाओं पर पानी फिर गया। वह बस कुछ ही अंकों की कमी से मुख्य परीक्षा देने से वंचित रह गए।

दुबे जी निराश हुए, तो तमाम मित्रों ने सांत्वना दी। गांव शहर में जैसे जन्म, मुण्डन आदि में लोग दुख से सांत्वना देने के लिए उपस्थित होते हैं, ठीक वैसे ही इलाहाबाद में सिविल सेवा परीक्षा के छात्रों में परिणाम सुखद आने पर मिठाई खाने लोग पहुंचते हैं और नकारात्मक होने पर लोग सांत्वना देने इकट्ठा होते हैं।

लोगों के द्वारा समझाने पर दूबे जी ने अगले वर्ष के लिए कमर कस ली। यहां तो छात्र आकर दुबे जी को समझाते थे लेकिन पीठ पीछे कहा करते थे कि ये IAS कभी नहीं निकाल पायेंगें, क्योंकि यह मस्ती में ज्यादा रहते हैं। मस्ती-मज़ाक और कठिन परिश्रम के उपरान्त एक वर्ष बीता। फॉर्म तो भर ही चुके थे लेकिन किसी मित्र की सलाह पर इस बार की परीक्षा छोड़ दी। अगले वर्ष के लिए तैयारी ज़ारी रखी, लेकिन तैयारी में पैनेपन के बजाय धीमापन आ गया।

दूबे जी ने भी लोगों के कमरे पर बैठकबाजी, एक दूसरे की बुराई,सिविल लाइन्स में नए-नए खुले बिग बाज़ार में घूमने जाना, हर सप्ताह रिलीज़ फिल्में देखना शुरू कर दिया था। इस वजह से इस बार भी वह IAS की प्रारंभिक परीक्षा में असफ़ल हो गए। दुबे जी का दो अटेम्प्ट ख़राब हो गया। किसी वरिष्ठ मित्र के समझाने पर उन्होंने दिल्ली जाने का फैसला कर लिया।

दुबे जी को दिल्ली आये छह महीने हो गये थे। यहां मुखर्जी नगर में उन्होंने एक प्रतिष्ठित कोचिंग में पढ़ना शुरू कर दिया। कठिन परिश्रम कर रहे थे। मौज़-मस्ती का स्वभाव तो था ही। दिल्ली गए, खुला माहौल देखा तो खुले सांड की तरह इलाक़ा भ्रमण करने लगे। दिल्ली रास आ गयी दुबे जी को। कभी–कभी मित्रों के साथ बैठकर बियर-दारू भी ख़ूब चलने लगी थी।

कोचिंग में एक महिला मित्र थीं, जिनका नाम था पूर्वी गोयल। वह हिन्दी माध्यम से परीक्षा दे ज़रूर रही थीं परन्तु अंग्रेज़ी में उनकी अच्छी पकड़ थी। पूर्वी और दुबे जी की दोस्ती कुछ ही दिनों में प्रेम में बदल गयी। दोनों अब एक साथ

ही देखे जाते। चाय पीने भी जाते तो एक ही साथ होते। कई सारे दिल्ली के मॉल्स में भी इन्हें बाहों में बाहें डाले घूमते देखा गया था। दोनों तरफ़ के मित्रों की सलाह पर इन दोनों ने एक साथ रुम लेने का फ़ैसला किया।

प्रेम करते, पढ़ते और मेहनत करके पढ़ते हुए समय बीता। प्रारम्भिक परीक्षा का समय आया। परीक्षा हुई दोनों ने अच्छा प्रदर्शन किया। इसी वर्ष C-SAT लागू होने से दूबे जी को थोड़ी कठिनाई ज़रूर हुयी, परन्तु प्रर्दशन अच्छा ही था। उधर पूर्वी को C-SAT की वजह से ज्यादा फायदा मिल रहा था।

परीक्षा परिणाम घोषित होते ही दुबे जी का मुंह लटक गया। दुबे जी का इस बार भी नहीं हुआ और पूर्वी प्रारम्भिक परीक्षा उत्तीर्ण हो गयी। लोगों ने इस युगल को खूब बधाइयां दीं। बात-बात में कहीं न कहीं दूबे जी की, पूर्वी की सफलता से चिढ़ दिख जाती थी। परन्तु दुबे जी प्रेम में ईर्ष्या को पाप मानते थे, इसलिये विकारों को मन में ही ज़ब्त कर लिया। पूर्वी भी दूबे जी की असफलता से थोड़ी निराश हुई और बात-बात पर इस मुद्दे पर व्यंग्य भी कर देती थी।

दोनों की समझदारी से रिश्ता चल तो रहा था, किन्तु दुबे जी के कोचिंग में साथ पढ़ने वाले अतुल भारद्वाज, से पूर्वी की नजदीकियां बढ़ चुकी थीं। यह बात दुबे जी को बुरी लगती तो पूर्वी का जवाब होता कि उसका भी प्री निकल गया है, हम दोनों एक साथ मेन्स की तैयारी कर रहें हैं, उसे दुबे जी अन्यथा न लें। दुबे जी का लास्ट अटेम्प्ट बचा हुआ था और वह इस समय प्रेम विकार में उलझे हुए थे। अचानक सोचा-समझा तो आंख खुली और पुनः दिल लगाकर तैयारी में जुट गये।

पढ़ाई ने रफ्तार पकड़ी, लेकिन उसमें पूर्वी ने ब्रेक लगा दी। पूर्वी ने अतुल के साथ अपने प्रेम का बक़ायदा ऐलान कर दिया। वह दुबे जी से अलग होकर अतुल के साथ रहने लगीं। दुबे जी इस हृदय के दर्द को बर्दाश्त न कर सके। वह अवसाद में चले गये। खाना बिल्कुल ही छोड़ देना, शराब पीना, तीन-तीन दिन तक कमरे में खुद को बन्द रखना। उनकी इस दुर्दशा पर, उनके परम मित्र शिव को कोफ़्त हुई। उसने इन्हें समझा-बुझाकर वापस इलाहाबाद भेज दिया।

इलाहाबाद में कमरे का किराया बहुत बढ़ चुका था। तंज कसने वाले लोग

दुबे जी को "दिल्ली रिटर्न" कहने लगे थे। दुबे जी इलाहाबाद तो आ गये, लेकिन जैसे ही पढ़ाई शुरू होती, पूर्वी की याद इन्हें अवसाद में ढकेलने लगती थी। पूर्वी के प्रेमी अतुल का इस वर्ष IAS में फाइनल सेलेक्शन हो गया।

दुबे जी का अन्तिम अटेम्प्ट भी बर्बाद हो गया। वह ऐसे मोड़ पर आ गये कि अब न उन्हें घर जाने की इच्छा होती, न घर के किसी सदस्य से मिलने की, न ही पिता से खर्चे की रक़म मांगने की हिम्मत पड़ती थी। पिता जी भी सिर्फ़ पैसे भेजवा देते लेकिन बात नहीं करते थे। वह सोचते रहते थे कि कहीं आत्महत्या कर लूं, लेकिन न जाने कौन सी बात उन्हें रोक देती थी।

दुबे जी खुद को संभालते हुए पुनः तैयारी में जुट गये। दुबे जी को एक बात तसल्ली देती थी कि पूर्वी का अभी चयन नहीं हुआ। उधर अतुल भारद्वाज के IAS में चयन हो जाने पर, उसने पूर्वी को छोड़ दिया। पूर्वी भी कम न थी, उसने अतुल के ऊपर केस करने की और मीडिया में बदनाम करने की धमकी दे डाली। फिर क्या था! दस लाख रुपये की राशि देकर अतुल ने पूर्वी का मुंह बंद करा दिया। पूर्वी भी रक़म का वजन समझते हुए, मान गई। दुबे जी ने जब यह कहानी सुनी तो खुश हुए, और खुश होकर मोबाइल फोन में तमाम मोहब्बत आधारित पिक्चरें डलवाकर देख डालीं।

इसी वर्ष UP-PCS की परीक्षा दोनों देने जा रहे थे। दोनों ने जबरदस्त तैयारी कर रखी थी। कुदरत ने उन्हें पुनः एक ही स्तर पर लाकर खड़ा कर दिया। पूर्वी, दिल्ली में रहकर तैयारी में लगी थी और दुबे जी इलाहाबाद में। पूर्वी का प्रेम सम्बन्ध किसी और IAS-PRE क्लाफाइड लड़के से चल रहा था। दुबे जी की कई कोशिशों पर भी इन्हें कोई नयी प्रेम कहानी की नायिका नहीं मिल सकी थी और वह पुरानी नायिका की यादों में ही खोये रहते थे।

बेहतरीन उम्दा तैयारी के बाद दोनों ने प्री और मुख्य परीक्षा भी उत्तीर्ण कर ली और साक्षात्कार के लिए तैयार हुए। साक्षात्कार जब हुआ तो दुबे जी उत्साह से लबालब भर गये। सूत्रों से पता लगाया तो पता चला कि पूर्वी का साक्षात्कार अच्छा नहीं हुआ। दूबे जी ने बड़प्पन दिखाते हुए, पूर्वी को अपने खुद के PCS चयन के बाद, स्वीकार करने का फैसला किया। साक्षात्कार के बाद जब दुबे जी

अपने घर गये थे तो लोगों ने जबरदस्त सम्मान किया।

विधान सभा चुनाव का वक़्त था, चारों तरफ सभाएँ हो रहीं थीं दुबे जी के गांव के भी हरि नारायण पाण्डेय विधान सभा चुनाव लड़ रहे थे। हरि नारायण एक मशहूर राजनैतिक दल के पुराने नेता थे, इसलिए पार्टी प्रमुख से सीधा मिलना-जुलना होता था। हरि नारायण पाण्डेय का मंच संचालन और भाषण आदि लिखने का काम दुबे जी ही देख रहे थे।

दुबे जी की सोच थी कि परिणाम आने से पहले ही पकड़ बना ली जाये ताकि सेटिंग करके कोई अच्छी जगह और अच्छा पद मिल जाये। पाण्डेय जी और दुबे जी की जुगलबन्दी ने विधानसभा चुनाव में शानदार जीत हासिल की। इन्हीं की पार्टी ने पूरे प्रदेश में बहुमत हासिल कर सरकार बनायी थी। दुबे जी को पार्टी मुखिया तक पसन्द करने लगे थे।

जब उत्तर प्रदेश PCS के साक्षात्कार का परिणाम आया तो दुबे जी साइबर कैफे पर देखने गये। देखते ही चक्कर आ गया। दुबे जी का चयन नहीं हुआ था। दुबे जी के घर-परिवार में मातम मच गया। दुबे जी पसीने से तर-ब-तर हो गये। उनको समझ में नहीं आ रहा था क्या करें? आठ-दस दिन की परेशानी के बाद दोस्तों की मदद से खुद को संभालते हुए, तैयारी छोड़कर घर जाने का फैसला किया। लोगों ने बहुत समझाया किन्तु अबकी बार वह नहीं माने।

आज दुबे जी के घर जाने का दिन आ गया था। बैग बांध लिया, तखत बेच दी, पंखा बेच दिया दस बोरी पुस्तकें बांध ली, गैस चूल्हा एक जूनियर मित्र को दे दिया। कई सारे मित्र दुबे जी को विदा करने आये। सबकी आंखें नम थीं। दुबे जी एकदम टूट चुके थे। मुरझाया हुआ चेहरा लेकर घर जा रहे थे। मन को ऐसा विकसित कर लिया था कि पद-प्रतिष्ठा वाले काम के अलावा अन्य कार्य करने में खुद को अक्षम समझने लगे थे।

चलने से पहले दुबे जी ने सोचा की पूर्वी का चयन तो हो ही गया है, बात करके बधाई दे दी जाये। यदि वह कहें तो राजनैतिक जुगाड़ लगवाकर कुछ मदद भी कर दी जाये और खुद के लिए विवाह का प्रस्ताव भी दे दिया जाये। कई मित्रों ने मना किया लेकिन दुबे जी नहीं माने, उन्होंने पूर्वी को फ़ोन लगाया। सफलता

के नशे में चूर पूर्वी ने दुबे जी को पहचानने से भी इन्कार कर दिया। दुबे जी का हृदय आघात होते होते बचा। दुबे जी इलाहाबाद की धरती का पाँव छूकर, मां गंगा से शिकायत करते हुए घर के लिए रवाना हुए।

घर में सांत्वना स्वरूप तो कोई बोल देता पर दुबे जी से वास्तव में कोई बोलना नहीं चाहता था सिवाय छोटे-छोटे बच्चों के। बड़ी जलालत भरी जिन्दगी चुन ली थी दुबे जी ने।

पूर्वी की सफलता और दुबे जी के गांव वापसी को तीन वर्ष हो गये थे। पूर्वी एक जनपद में SDM के पद पर तैनात थीं। किसी नेता से झड़प हो जाने की वजह से पूर्वी का तबादला दुबे जी के गृह जनपद में हो गया। यह बात कि यह जनपद दिवाकर दुबे का गृह जनपद है, पूर्वी को पता नहीं थी। पूर्वी को ड्यूटी ज्वाइन किये हुए कुछ ही दिन हुए थे कि यहां भी पूर्वी की हरिनारायण पाण्डेय जी से झड़प हो गयी। पाण्डेय जी प्रदेश सरकार में मंत्री थे। मामला तूल पकड़ता उससे पहले ही पार्टी हाईकमान के कहने पर पाण्डेय जी को पूर्वी से माफी मांगनी पड़ी।

पूर्वी इस चमत्कार को समझ न सकी। इस प्रकरण को अभी पांच दिन हुए थे कि SDM साहिबा के कार्यालय में एक विवाह का कार्ड आया। कार्ड को पूर्वी ने देखा तो प्रेषक में किसी दुबे का नाम लिखा था, जिसे वह पहचान न सकी। कार्ड खोल कर पढ़ने लगी तो दूल्हे के नाम पर नज़र पड़ी। दूल्हे का नाम लिखा था *"चि0 दिवाकर दुबे (पार्टी-कोआर्डिनेटर, उत्तर प्रदेश)* परिणय *"आयु कु0 नालिनी तिवारी (IAS)"* कार्ड देखकर पूर्वी के माथे पर पसीना हो गया। उन्होंने चपरासी को पानी लाने का आदेश दिया। चपरासी पानी लेकर हाज़िर हुआ। तभी SDM साहिबा को सूचना मिली की कल की तारीख में मा0 मुख्यमंत्री जी अपने पार्टी-कोआर्डिनेटर दिवाकर दुबे जी के विवाह में शामिल होने आ रहे हैं, इसलिए जनपद के सभी अधिकारियों को वहां उपस्थित होना होगा।

पूर्वी ने चपरासी से दिवाकर के रसूख़ के बारे में पूछा तो चपरासी ने कहा "वह कैसे पहुंचे हम नहीं जानते मैडम, लेकिन पढ़े-लिखे बहुत थे ही, वहां पहुंचकर ऐसा जलवा बिखेरे कि आज प्रदेश में हर विधायक मंत्री उनके दिशा-निर्देश पर ही पार्टी का काम आगे बढ़ाता है, मैडम! और कोई मंत्री विधायक में

उनकी जुबान काटने की हिम्मत नहीं है। अब आप ही का प्रकरण ले लीजिये हरिनारायण जी इससे पहले कभी किसी अधिकारी से माफ़ी नहीं मांगे हैं।''

''ठीक है तुम जाओ...''

पसीना पोंछते हुए पूर्वी ने पानी का गिलास मुँह को लगाया। हाथ कांप रहा था और होंठ भी।

9

गुरूर

सफ़ेद दाढ़ी, लम्बा कद उस पर सफ़ेद रंग का कढ़ाईदार कुर्ता और चूड़ीदार पैज़ामा पहने हुए अमरनाथ जी ने सहन दरवाज़े पर लटक रहे ताले को खोला और पड़ोस के गुप्ता जी से आगे चलने का आग्रह किया। गुप्ता जी आगे बढ़े अमरनाथ जी अन्दर हुए और सहन दरवाज़े को पुनः बन्द किया। दोनों मित्र आपस में बातें करते हुए अमरनाथ के ड्राइंगरूम में पहुँच गये। अमरनाथ जी कुर्सी पर बैठ गये और अपने मित्र को दूसरी कुर्सी पर बैठने का इशारा किया। गुप्ता जी भी कुर्सी पर बैठे और उन्होंने इंसानी आदत के अनुसार कमरे के चारों ओर नज़र दौड़ानी शुरू कर दी। गुप्ताजी हर चौथे-पांचवे दिन अमरनाथ जी से मिलने आ जाया करते थे, परन्तु हर बार न जाने क्या उनके देखने से बच जाता था, जिसे वह जितनी बार मिलते, देखने की जुगत में लगे रहते थे।

अमरनाथ जी थोड़ा आराम की मुद्रा में आते हुए बोले ''भाई गुप्ता जी! बोतल निकालो, मेज़ पर रखो, सामने से गिलास और फ्रिज से बर्फ लेकर आओ।'' गुप्ताजी ने अमरनाथ जी की तरफ चिर-परिचित अन्दाज में देखा और उठ पड़े। तभी अमरनाथ हाथ में बंधी हुयी घड़ी को खोलते हुए बोल पड़े ''मित्र

कष्ट के लिए क्षमा चाहता हूँ, किशन आज आया नहीं सो सारे इंतजाम आपको स्वयं करने होंगे।

कोई फ़िक्र नहीं कौन-सा बड़ा काम है, पल भर में तो हो जायेगा'' कहते हुए गुप्ता जी कमरे से बाहर चले गये।

अमरनाथ जी ब्लेन्डर्स प्राइड की फुल बोतल को उठाकर चूमा और फिर उसे बड़े गौर से देखते रहे। देखते-देखते मन कहीं और पहुँच गया और नज़र बोतल पर ही टिकी रही।

गुप्ता जी के कमरे में प्रवेश करने से कुछ स्वाभाविक आवाज़ आयी जिसने अमरनाथ जी को हाथ में बोतल होने का फिर से एहसास दिलाया। दोनों मित्र आमने-सामने पड़ी कुर्सी पर विराजमान हुए। बीच में एक सुंदर सी मेज़ पर एक कटोरी में बर्फ के टुकड़े, एक तश्तरी में नमकीन और दो कांच का प्याला रखा गया। बोतल के पेंदी पर अपनी कोहनी से ठोंकते हुए पैग बनाया गुप्ता जी ने। चियर्स करते हुए दोनों ने अपने पहले पैग से गले को सींचा। दूसरा पैग बनकर तैयार। दोनों मित्र आपस में बातें करने लगे।

गुप्ता जी ने कहा ''आप अपने बहू बेटे को बुला क्यों नहीं लेते! मेरे ख्याल से आपको अपनी ज़िद त्यागकर एक बार पुनः विचार करना चाहिए''।

माहौल रंगीन हो चला था। रात का शबाब अपने सुरूर पर था। एकदम शान्त वातावरण। वातानुकूलित कक्ष। पंखे की चाल से उत्पन्न ध्वनि से होने वाले विघ्न का भी कोई ख़तरा नहीं। शराब के पहले पैग ने गुप्ता जी की आवाज़ में एक परिवर्तन ला दिया।

गुप्ता जी को सुनकर अमरनाथ जी हल्की सी मधुर मुस्कान बिखेरते हुए बोले ''शायद पहले पैग ने ही तुम्हें मदहोश कर दिया है साब! आप तो जानते हैं, सेठ अमरनाथ जो भी निर्णय लेते हैं पूरी तरह से सोच-समझकर लेते हैं और अपने किये हुए फ़ैसले पर पुनर्विचार नहीं करते।'' दूसरा पैग उठाकर चियर्स किया।

गुप्ता जी ने चखने को मुंह में डालकर लड़खड़ाते होंठो से कहा ''सेठ जी

इतना अभिमान ठीक नहीं है।''

''अभिमान''!

''और नहीं तो क्या... पुत्र की छोटी सी बात पर उससे रिश्ता ख़त्म कर देना और फिर इस डर से उसे माफ़ न करना कि आप हार जायेंगे, अभिमान नहीं तो क्या है?''

''स्वाभिमान है ...सेठ अमरनाथ का स्वाभिमान''

गुप्ता जी ने सिगरेट जलाकर एक सिगरेट सेठ जी की तरफ़ बढ़ाई। सेठ अमरनाथ सिगरेट का एक कश लेकर बोल पड़े ''तुम्हें तो पता है गुप्ता जी! हम जो चीज़ें पसंद नहीं करते वो नहीं करते।'' कहते हुए अमरनाथ जी कुर्सी से उठकर बाहर की ओर चले गए।

गुप्ता जी ने आखिरी पैग बनाया। कुछ पल के बाद अमरनाथ जी वापस आये और कहा कि बात करते-करते पूरी बोतल खत्म हो गयी पता भी नहीं चला।'' इस समय तक मदहोशी का आलम यह हो चला था कि दोनों की जुबान, क़दम और बदन आपे से बाहर हो रहे थे। आख़री पैग को पीते हुए दोनों ने शराब कम पड़ने की एक-दूसरे से शिकायत की। गुप्ता जी रात ज्यादा होने के कारण अब घर जाने की इजाजत मांगने लगे, लेकिन अमरनाथ जी ने भावावेश में आकर उनके आग्रह को अस्वीकार करते हुए बैठ जाने को कहा। गुप्ता जी भी इस शराब के नशे में डूबे हुए मित्र को मना न कर सके। कुछ देर माहौल शान्त रहा फिर उस शांति को भंग करते हुए अमरनाथ जी बोले- ''आपको क्या लगता है हम अच्छे इन्सान नहीं है?''

''पता नहीं, पर आपके व्यवहार से आपके करीबी, रिश्तेदार, मोहल्लेवाले, यहाँ तक कि आपका अपना बेटा भी दुखी है। पूरे मोहल्ले में सिर्फ दो-चार लोग ही हैं जो आपके बारे में अच्छी राय रखते होंगे।''

गुप्ता जी अपने दिल की बात धड़ा-धड़ निकाले जा रहे थे और उनका साथ दे रही थी अंगूरी पानी से मिली मदहोशी। अमरनाथ जी की आँखें लाल हो चुकी थीं। गुप्ता जी की ओर देखते हुए साहब ने एक प्रश्न और उछाला - ''हमारे बारे

में आपकी क्या राय है?''

गुप्ता जी कांपते हुये बोले ''कुछ कह नहीं सकता, पर कुछ है जो हमें आपसे जोड़ कर रखता है।''

''क्या?''

''मालूम नहीं''

''मेरी सम्पदा?''

''न! न! अच्छा अब मैं चलूँगा।''

अमरनाथ जी ने इजाज़त दी ''ठीक है भाई, चलो दरवाज़े तक छोड़ देते हैं।'' दोनों मित्र लड़खड़ाते हुए दरवाज़े के तरफ़ बढ़े। कभी गुप्ता जी, सेठ जी को सहारा देते तो कभी सेठ जी, गुप्ता जी को।

गुप्ता जी दरवाज़े से बाहर हो गये। सेठ अमरनाथ पीछे-मुड़े, वापस अपने सोने के कमरे में जाने के लिए कुछ कदम चलने के बाद वह लड़खड़ाकर ज़मीन पर गिर पड़े। गिरने के बाद बड़ी आश्चर्य जनक घटना हुई, अपने होशोहवास में कभी ज़मीन पर नंगा पैर भी न रखने वाले अमरनाथ की आज ज़मीन छोड़कर उठने की इच्छा न हुई। उनकी बदबूदार शराबी गर्म सांसों ने ज़मीन का इस क़दर आलिंगन किया, जैसे एक माँ, अपने बिछड़े हुए बच्चे को कहीं अचानक पा जाये तो उसे अपने सीने में चिपका लेती है।

सेठ अमरनाथ का बेटा आज के दस साल पहले अपनी पत्नी के साथ लखनऊ रहने चला गया था। सेठ के व्यवहार से सुरेन्द्र और उसकी पत्नी इतने दुखी हो चुके थे कि पिछले दस सालों में उन्होंने सेठ की कभी हाल ख़बर भी न ली। महाशय से पूरा का पूरा मोहल्ला दुखी था। बच्चे-बच्चे सेठ जी के मरने की दुआ करते। सेठ जी छोटी-छोटी बातों पर दखलंदाजी करते थे; जैसे शनि को तेल मत चढ़ाओ, शंकर को दूध से अभिषेक कर दूध की बर्बादी मत करो, किसी रिश्तेदार की मदद मत करो आदि-आदि।

मोहल्ले वाले इसलिए चिढ़े रहते थे कि सेठ अमरनाथ इतने अभिमानी

व्यक्ति थे कि अपने घर के सामने किसी को खड़े नहीं होने देते थे। कभी किसी से प्रेम से नहीं बोलते, यहाँ तक कि एक बार अमरनाथ ने हद ही कर दी। उनके सहन दरवाज़े के सामने एक सात–आठ साल की जन्मांध लड़की भीख मांगने के लिए बैठने लगी थी। एक दिन अचानक सेठ को पता चला तो उन्होंने उस लड़की को वहां से तुरंत भगा दिया था और उसके माँ-बाप को हजारों गालियां दी थीं। इस घटना पर सुरेन्द्र की पत्नी ने अपने ससुर (सेठ अमरनाथ) को बहुत खरी खोटी सुनायी थी लेकिन सेठ ने भी खुद को सही साबित करने की पूरी कोशिश की थी, जिस पर उन दोनों में बड़ी झड़प हुयी थी। दस वर्ष पहले जब सेठ के बहू-बेटे ने घर छोड़ दिया था, तब भी कुछ ऐसा ही हुआ था। दरवाज़े पर एक भिखारी आया था, जिसे सुरेन्द्र ने दस रुपए दिये थे। इस घटना को देखकर सेठ अमरनाथ बहुत चिल्लाये और भिखारी को हज़ारों गालियाँ भी सुनाई थी। इतना ही नहीं सेठ ने उसके कटोरे से सुरेन्द्र का दिया हुआ दस रुपया भी निकाल लिया था। ये सब देखकर सुरेन्द्र की पत्नी ने अपना आपा खो दिया था और सेठ को झाड़ू उठाकर मारने पर आमादा हो गयी थी लेकिन सुरेन्द्र के रोकने पर हाथ नहीं उठाया पर गालियां बहुत सुनाई थीं।

उसी दिन दोनों ने घर छोड़कर लखनऊ में रहने का फ़ैसला भी कर लिया था। बस, तब से आज तक न उन्होंने हाल पूछा, न कभी सेठ ने ही प्रत्यक्षतः उनमें दिलचस्पी दिखायी थी। उसी घटना के बाद किशन नाम का नौकर सेठ के यहाँ काम करने लगा था। प्रतिदिन गालियाँ खाता पर सेवा में कहीं कोई कमी नज़र नहीं आने देता। तभी से सेठ धीरे-धीरे कमज़ोर भी पड़ने लगे थे और अब तक छोटी-मोटी बीमारियों ने भी उन्हें घेर लिया था। परन्तु कहीं से भी सेठ के अभिमान में, जिसे वे स्वाभिमान कहते थे, कमी नहीं आयी थी।

रात भर ज़मीन पर पड़कर सेठ इतना सोये थे कि मानो वह अपनी कई अनसोई रातों का हिसाब चुकता कर रहे हों। सुबह सूरज की पहली किरण पड़ी तो कुनमुनाए ज़रूर थे मगर उठने का मन नहीं हुआ और वे वहीं पड़े रहे। सूरज धीरे-धीरे अपना प्रकाश बिखेरता जा रहा था। दौड़ते-भागते हुए किशन आया। अचानक सेठ को इस अवस्था में देखकर घबरा गया। सेठ के करीब आकर उनकी चलती सांसों को उनके जीवित होने के प्रमाण के तौर पर इस्तेमाल किया।

सेठ जी को उठाकर उनके कमरे तक ले आया परन्तु सेठ की तबियत बहुत ख़राब हो चुकी थी। सेठ कुछ पलों तक किशन को ध्यानपूर्वक देखते रहे। फिर बिस्तर पर लुढ़क गए और अपने कांपते होंठो से कहा "बेटा वकील को फोन करो।" पहली बार सेठ के मुंह से बेटा संबोधन सुनकर बहुत सुंदर एहसास हो रहा था। किशन ने फ़ोन किया, उसके बाद सेठ अमरनाथ के तरफ़ वापस आया।

सेठ ने एक गिलास पानी का आग्रह किया। किशन पानी लाने गया। सेठ जी के प्राण बहुत छटपटा रहे थे। बेटे का चेहरा बार-बार सामने आ रहा था। आँखों से लगातार अश्रुधारा बह रही थी। मन हो रहा था एक बार सुरेन्द्र को सीने से लगाकर खूब रोयें। परन्तु सेठ थे बड़े स्वाभिमानी। उन्होंने हृदय के भावों को हृदय में दफ़न कर दिया उसे जुबां तक न आने दिया।

किशन कमरे के अंदर आया। पानी देने के लिए हाथ बढ़ाया तो पानी का गिलास हाथ से छूट गया। सेठ अमरनाथ काल के गाल में समा चुके थे। साँसों को आज़माया, तो पता चला साँसें शिथिल पड़ चुकी थीं। अमरनाथ गर्व से सर ऊँचा करके, बंद आँख और हल्का खुला मुंह लिए चिर निद्रा में सो रहे थे। किशन ने पूरे मोहल्ले को इकट्ठा कर लिया था। पूरा मोहल्ला खुश था। ये भीड़ यहाँ सिर्फ़ तमाशा देखने के लिए इकट्ठा हुयी थी। कुछ शुभ-चिन्तक भी थे। जो शरीर रुपी मिटटी को ज़ल्द से ज़ल्द क्रिया कर्म के हवाले करना चाहते थे, पर वकील मयंक ने सुरेन्द्र के आने का इंतज़ार करने को कहा। आठ घंटे प्रतीक्षा के बाद सुरेन्द्र और उसकी पत्नी वहां पहुंचे। वकील साहब से कुछ व्यक्तिगत बात करनी चाही पर वकील साहब ने सारी बातों को सार्वजानिक करना सेठ की अंतिम इच्छा बतायी। वकील वसीयत निकाल कर सबके सामने पढ़ने लगे।

1- हमारी अंतिम इच्छा है कि हमारे मरने के बाद हमारे शरीर को, बहू या बेटा हाथ न लगायें। शरीर को जलाया न जाये बल्कि किसी मेडिकल कॉलेज में दान कर दिया जाए।

2- हमारा बंगला, जिसमें हम रहते हैं और जो इस मोहल्ले का सबसे आलीशान बंगला है, उसे हमारे मरने के बाद नौकर किशन के नाम कर दिया जाए।

वसीयत का शुरुआती हिस्सा सुनकर ही वहां उपस्थित समस्त व्यक्ति हैरान रह गए। सभी के हृदय में अमरनाथ की जो तस्वीर थी वह धीरे-धीरे कोई और रूप ले रही थी। वकील ने आगे पढ़ा-

3- हमारे बैंक खाते में जो कुछ धनराशि जमा है यही कोई दस लाख। उसमें से बीस हज़ार छोड़कर शेष धनराशि हमारे बंगले से थोड़ी दूर पर भीख मांगने वाली जन्मांध लड़की के नाम कर दिया जाए। और सिर्फ नाम न किया जाए बल्कि कोर्ट या कोई कमेटी अपनी देख-रेख में इस धन का इस्तेमाल उसकी शिक्षा पर करवाए और यदि हमारी आँख मरने के बाद ठीक अवस्था में होती है तो उसे भी लड़की को दे दिया जाए तथा शेष बची हुयी 20 हज़ार की धनराशि वकील मयंक के खाते में स्थानांतरित कर दिया जाए ताकि उनका हमारे मरने के बाद की कार्यवाही में पूरा दिल लगे और हम ये भी कहना चाहते हैं कि हमारी बची हुयी ज़मीन यदि सुरेन्द्र वल्द अमरनाथ लेना चाहते हैं तो ठीक वरना उनकी मनाही की सूरत में कोर्ट उसका जैसा चाहे इस्तेमाल करवा सकती है।

वहां उपस्थित सभी व्यक्तियों की आँखें भर आयीं। गुप्ता जी हमदर्दी दिखाने आगे बढ़े और फूट-फूट कर रो पड़े। तभी वकील ने वसीयत का बचा हुआ भाग पढ़ा-

अंत में हम कहना चाहते हैं कि हमने ये .फ़ैसला पूरे होशो-हवास में लिया है। किसी भी प्रकार का कोई दबाव नहीं है। एक दबाव है तो वह है हमारी अंतरात्मा का जिसे हम सारी ज़िन्दगी सबसे ऊपर रखते आये हैं। हम जानते हैं की हमने अपने बेटे के साथ कुछ दुर्व्यवहार किये थे लेकिन इतने नहीं किये थे कि बाप की हाल ख़बर न ली जा सके। बेटा बुढ़ापे पर आप हमको बर्दाश्त नहीं कर पाए, परन्तु आपके बचपन में हमने आपको बहुत बर्दाश्त किया है। हमें आपसे कोई शिकायत नहीं है, आपको हमसे भी नहीं होनी चाहिए।

वसीयत ख़त्म हुयी। सुरेन्द्र ने शेष ज़मीन के लिए हामी भर दी। किशन सेठ अमरनाथ के पैरों में गिरकर रोने लगा। सभी की आँखें सजल हो गयी। तभी किसी लड़के ने कहा ''क्या आदमी था यार! कोई समझ ही नहीं पाया''।

10

मुन्ना

मुन्ना को गायत्री के मरने का दुःख अंदर ही अंदर खाए जा रहा था। मुन्ना एक छोटे से गांव में रहता था। उसकी उम्र कोई पन्द्रह साल की थी। उसकी एक बूढ़ी मां थी जो चल-फिर नहीं सकती थी और एक बड़ा भाई था जो कलकत्ता की किसी कम्पनी में सुपरवाइजर था। मुन्ना का बड़ा भाई, मुन्ना और अपनी माँ से पूरी तरह से सम्बन्ध तोड़ चुका था। उसने एक बंगाली लड़की से विवाह कर लिया था, जिससे उसे एक पुत्र की प्राप्ति हुई थी। वह अपने बीवी-बच्चे के साथ कलकत्ते में ही रहता था।

घर में कोई ज़िम्मेदार व्यक्ति न होने के कारण मुन्ना को ही घर का खर्च चलाना पड़ता था, जिसके लिए वह अपने गांव के सरपंच के यहां काम करता था। मुन्ना हर रोज़ सरपंच के यहाँ जाता था गाय गोरू को चारा पानी देता, गोबर आदि हटाता था। शाम छः बजे तक सरपंच एवं उनका परिवार मुन्ना से हाड़-तोड़ काम लेता था। इन सब के बदले में उसे इतने पैसे मिलते थे कि वह किसी तरह से अपना और अपनी माँ का पेट पाल सकता था। वह अपनी ज़िन्दगी से खुश नहीं था, कुछ करना चाहता था, कुछ बनना चाहता था। उसका गाँव की

पाठशाला में सातवीं कक्षा में नामांकन था परन्तु सरपंच के काम से फुरसत न मिल पाने की वजह से वह स्कूल जाने में असमर्थ था।

मुन्ना सरपंच के यहाँ काम करने पहुँचा। सुबह का पहर था, धुंध अभी छंट ही रही थी। मुन्ना ने देखा सरपंच की बेटी गायत्री द्वार पर लगे नल के समीप खड़ी मुन्ना की राह निहार रही थी। जब मुन्ना, गायत्री के समीप पहुंचा तब गायत्री ने उसे अपने दुपट्टे में छुपाया हुआ कटोरी में रखा हलवा दिया खाने को, और कुछ रुपये छुपाकर लायी थी, जिसे उसने मुन्ना के हाथ में थमा दिया। जब रुपये मुन्ना को मिले तो मुन्ना ने उसे बहुत धन्यवाद दिया।

मुन्ना की माँ बीमार थी इसलिए मुन्ना ने गायत्री से कर्ज़ स्वरुप कुछ रुपये मांगे थे। गायत्री से इसलिए क्योंकि गायत्री ही थी जो उसे समझती थी। उसे लगता था कि गायत्री इस दुनिया में सबसे खूबसूरत लड़की है जिसके लिए वह अपनी जान भी दे सकता है। वह गाँव के चौराहे पर लगने वाली चाट की दुकान से, हमेशा सबकी नज़रों से छुपाकर, गायत्री के लिए चाट लेकर आता था।

वहीं गायत्री भी हर रोज़ खुद को मिलने वाला नाश्ता मुन्ना को खिलाकर ही तृप्त होती थी। गायत्री और मुन्ना के प्रेमभाव पर सरपंच के घर में कुछ लोगों की निगाह पड़ने लगी थी जिनमें गायत्री की भाभी मुख्य थीं। उस दिन रुपया लेकर मुन्ना वापस चला गया था।

जब मुन्ना को गायत्री का विवाह पक्का होने की ख़बर मिली तो उसकी आँखें भर आयीं। यह तय करना मुश्किल था कि ये आंसू ख़ुशी के थे या ग़म के। ख़बर सुनते ही वह खुश हो गया था। उसने सोचा "उसकी सुंदर गायत्री दीदी, लाल जोड़े में कितनी खूबसूरत लगेगी! मेंहदी लगे हाथों से विदाई के वक़्त जब वह मेरे गालों को छूते हुए अपने घर आने को कहेंगी और जीजा जी से मेरा परिचय करवायेंगी तो मैं कितना गौरवान्वित हो जाऊंगा! दुःख बस इतना था कि जब दीदी चली जाएगी इस घर से, तो मैं यहाँ अकेला पड़ जाऊँगा

खबर से उत्साहित होकर वह भागा-भागा गायत्री के कमरे की ओर गया। कमरे का दरवाज़ा बंद था किन्तु अंदर से कुण्डी नहीं लगी थी। वह सीधा दौड़ता हुआ कमरे के अंदर प्रवेश कर गया। कमरे के अंदर पहुँचते ही वस्त्र बदलती

गायत्री को देख कर वह डर गया। उसने अपनी आँख बंद कर ली और तुरंत वहां से वापस हो गया। बाहर निकलते वक़्त उसे गायत्री की भाभी ने देखा। देखते ही वह दौड़ते हुए कमरे के अंदर गयी। अंदर गायत्री को कुरता पहनते देख वह चिल्लाने लगी "लुट गयी लुट गयी हमारे परिवार की इज्ज़त लुट गयी!"

शोर-शराबा सुनकर परिवार के लोग इकट्ठा हो गए, भाभी के अचानक इस तरह चिल्लाने से हैरान, गायत्री भी वहां आयी। सबने देखा कि भाभी ने मुन्ना का हाथ कसकर पकड़ रखा था और बार-बार उसके गालों पर चांटे मार रही थी। गायत्री के भाई ने कारण पूछा तो भाभी ने बताया "तुम्हारी बहन का चरित्र बहुत गिरा हुआ है, यह इस हराम के जने नौकर से इश्क लड़ा रही थी; मैं इन्हें कई दिनों से ताड़ रही थी, आज तो इन हरामियों ने हद ही कर दी; तुम्हारी बहन के कमरे से यह पतलून बांधता हुआ बाहर आ रहा था, अंदर जाकर देखा तो तुम्हारी बहन भी कपड़े पहन रही थी।"

यह वाक्य सुनते ही भाई के ह्रदय पर सांप लोट गया। क्रोध से भरा हुआ भाई मुन्ना को पीटने लगा। मुन्ना को बचाने वाला कोई नहीं था। सरपंच दो महीने पहले मर गए थे और गायत्री आज खुद को बचा पाने में भी लाचार थी। इन दोनों के अलावा इस घर में मुन्ना का शुभचिंतक कोई नहीं था। भाई ने उसे बहुत मारा किन्तु वह टस से मस न हुआ, "ये सब झूठ है" ही कहता रहा, क्योंकि वह गायत्री पर आ रहे आरोप से गायत्री को बचाना चाहता था। मारते-मारते जब गायत्री का भाई थक गया तो उसने मुन्ना को घसीट कर बाहर फेंक दिया। फिर गायत्री को भी मार पड़ी।

यह अपमान गायत्री सह न सकी और उसने ज़हर खा लिया। घर वालों को जब पता चला तब वे गायत्री को लेकर अस्पताल तक गए। अस्पताल प्रशासन की लापरवाही और गाँव में चिकित्सा-सुविधा का उचित प्रबंध न होने से गायत्री ने अस्पताल में ही दम तोड़ दिया।

गायत्री की लाश देखकर मुन्ना पागल हो गया। वह अपनी प्रिय दीदी को जोड़े में देखना चाहता था। गायत्री को कफ़न में देखकर वह कराह उठा। मुन्ना बहुत रोया। सरपंच के घर वालों ने मुन्ना को उसके पास जाने नहीं दिया।

जब सरपंच के परिवार वाले गायत्री का अंतिम संस्कार करके वापस घर चले गए तब गायत्री की जलती हुई चिता के पास बैठकर मुन्ना बहुत रोया। वह तब तक वहां बैठा रहा जब तक गायत्री की चिता बुझ न गयी। गायत्री राख में तब्दील हो गयी, मुन्ना राख को देखकर चीत्कार कर रोया।

उस घटना के बाद मुन्ना का गाँव में दिल नहीं लगता था। वह आदमी आदमी से कहता कि उसकी दीदी चरित्रहीन नहीं थी। उसकी इस बात को कोई नहीं मानता था बल्कि कुछ लोग मज़ाक तक उड़ाते थे। वह एक दिन गाँव छोड़कर राजस्थान चला गया।

राजस्थान के कोटा में उसे एक मेडिकल कोचिंग संस्थान में छोटी सी नौकरी मिल गयी। वह कोचिंग में अपने उम्र के लड़के-लड़कियों को पढ़ते देखकर खुद को भी पढ़ते हुए देखना चाहता था। वह कोचिंग के छात्रों से उनकी पुस्तकें लेकर रात में पढ़ता था। उसे आधारभूत पढ़ाई की कमी ज़रूर खलती थी किन्तु पूरा न समझ पाने के बावजूद भी उसे जीवविज्ञान की बातें आकर्षित करती थीं। उसने पढ़ने की जिज्ञासा अपने कोचिंग के निदेशक को बताई तो उन्होंने उसे पढ़ने का तरीका बताया और बारहवीं कक्षा तक की पढ़ाई पूर्ण करने को कहा। धीरे-धीरे उसे पढ़ाई में और भी दिलचस्पी होने लगी। वह जो भी कमाई करता उसमें से कुछ अपनी माँ के लिए गाँव भेज देता, शेष धन अपनी पढ़ाई और खाने में लगाता। मुन्ना रोज वही काम करता। जिससे उसका घर भी ठीक चल रहा था और पढ़ाई भी। वह एक के बाद एक कक्षाएँ उत्तीर्ण करता जा रहा था। मां भी खुश थी। ऐसे ही चार वर्ष बीत गए। अब मुन्ना ग्यारहवीं कक्षा में पहुंच गया। वह ग्यारहवीं में प्रवेश लेने की तैयारी कर रहा था। जब गर्मी की छुट्टियों में वह घर आया था। तभी उसकी मां की तबीयत बिगड़ने लगी और देखते ही देखते स्थिति बहुत गम्भीर हो गयी थी। गांव के झोलाछाप डॉक्टर ने उन्हें शहर ले जाने को कहा और कैंसर के लक्षण परिलक्षित होने की बात कही। मुन्ना के पास उस समय मात्र एक हज़ार रुपये बचे थे, जनपद के मशहूर डॉ0 पी0 एन0 शर्मा के यहां ले जाने में दो सौ रूपये भाड़ा लग गया।

डॉ0 शर्मा उस शहर के सबसे बड़े डॉक्टर हुआ करते थे। जब मुन्ना मां को

लेकर शर्मा के नर्सिंग होम पहुंचा तो वहां दाखिला होने में ही दिक्कत आ रही थी, क्योंकि डॉ. शर्मा की फीस पन्द्रह सौ रुपये थी तथा अन्य भी कई शुल्क मिलाकर उसे पच्चीस सौ रुपये जमा करने थे। ये सारा शुल्क पहले ही भरना पड़ता था फिर डॉ शर्मा मरीज को हाथ लगाते थे। मुन्ना के पास इतने रुपये नहीं थे, बदनाम मुन्ना के साथ मास्टर जी को छोड़कर गाँव का कोई अन्य सदस्य वहां आया भी नहीं था।

उसकी मां की हालत बिगड़ती जा रही थी। वह सीधा अन्दर जाकर डॉ0 शर्मा से मिला और कहने लगा "डॉ0 साहब हमारे पास सिर्फ आठ सौ रुपये हैं आप इसको ले लीजिए और मेरी मां को भर्ती कर लीजिए। बाकी रुपये मैं दो-तीन दिन में प्रबंध करके दे दूंगा।" डॉ0 शर्मा ने समझाते हुए कहा "देखो बेटा! हमारे यहाँ तमाम मरीज़ आते हैं; मैं ये नहीं कर सकता, हमारा एक रूल है जिसे सभी को फ़ॉलो करना पड़ेगा।"

"अंकल कृपया आप मुझ पर दया कीजिये, मैं तत्काल ही रुपयों का इंतज़ाम कर दूंगा, बस आप मेरी माँ को एडमिट करवा दीजिये।"

"नहीं बेटे, मैं इसमें कुछ नहीं कर सकता; अगर मै इतना दयालु हो जाऊंगा तो यहां प्रतिदिन ग़रीब आयेंगे; बेटे यह मेरा बिजिनेस है, गरीब सेवा केंद्र नहीं है, इसलिए आप अपनी माता जी को सरकारी अस्पताल में एडमिट करवा दीजिये... "नेक्स्ट पेशेंट।" कहकर डॉ0 शर्मा दूसरे मरीज को देखने चले गये। मुन्ना निराश होकर अपनी माँ को सरकारी अस्पताल ले गया।

सरकारी अस्पताल में इधर-उधर दौड़ भाग करने पर बहुत देर से इलाज़ शुरू हो सका जिससे कुछ ही देर में उसकी मां ने दम तोड़ दिया। ये देखकर मुन्ना पागल होने लगा। रोते-रोते उसकी भी तबीयत बिगड़ती जा रही थी। वह अब अनाथ हो गया था। पहले गायत्री, फिर माँ के जाने के बाद वह इस दुनिया में अब अकेला था। उसे सिर्फ एक ही बात तड़पा रही थी कि डॉ0 शर्मा उसकी मां को बचा सकते थे। मास्टर जी ने उसे किसी तरह संभाला। मास्टर जी के पास भी समस्या थी जिससे वो मुन्ना की मदद न कर सके थे।

मास्टर जी ने कलकत्ता भी संदेश भिजवा दिया था। मुन्ना का बड़ा भाई

अकेले आया था। अपनी मां को मुखाग्नि देकर वापस चला गया था। मुन्ना को अब डॉ0 बनने की सनक सवार हो गयी। ग्यारहवीं कक्षा में प्रवेश लेने के लिए भी उसके पास पैसे नहीं थे और अब तो जीव-विज्ञान ग्रुप से पढ़ना भी था। मास्टर जी ने जी.आई.सी. के प्रधानाध्यापक से कहकर उसका प्रवेश करवा दिया। मुन्ना पूरी लगन से पढ़ाई में लग गया। तीन घंटे लड़कों को पढ़ाकर अपना खर्च निकालने लगा। मेडिकल के लिए उसने दिन-रात एक कर दी। अब बारहवीं कक्षा का अन्तिम महीना था। वह मेडिकल प्रवेश परीक्षा के फार्म के लिए रुपये इकट्ठा कर रहा था।

बारहवीं कक्षा की परीक्षा में उसका अंक अच्छा आया था। उसने मेडिकल की परीक्षा दी, उसका परिणाम आ गया था। वह मेडिकल की परीक्षा में उत्तीर्ण नहीं हो सका था। उसकी आशाओं पर पानी फिर गया। उसने दूसरे वर्ष और भी मन लगाकर तैयारी की। अब उसने रटने के बजाय हर सिद्धांत को समझना शुरू कर दिया था। दूसरे वर्ष की परीक्षा का परिणाम आया तो वह उत्तीर्ण हो गया था।

अब उसे दाखिला लेने के लिए मुख्य परीक्षा देनी थी जो उसे बायें हाथ का खेल नज़र आती थी। बारहवीं के दौरान उसका मित्र बना था, मोहित। उसके पिता जी बैंक में थे। उसके पिता जी भी मुन्ना की लगन से बहुत खुश थे। मुन्ना, जब मुख्य परीक्षा देने शहर गया तो मोहित के घर पर ही रुका।

दो दिन के बाद मुन्ना मुख्य परीक्षा देने जा रहा था। बहुत खुश था, उसे मां की और गायत्री की बहुत याद आ रही थी। मगर कुदरत को कुछ और ही मंजूर था। मुन्ना सड़क पार कर रहा था, तभी सामने से एक कार ने उसे ठोकर मार दी, मुन्ना सड़क पर गिर गया और चिल्लाने लगा

सामने से लोग दौड़कर आये। भीड़ लग चुकी थी। मुन्ना के पैर में बहुत चोट आ गयी थी। खून लगातार बह रहा था। लोगों ने डॉ0 के यहां ले जाने की बात कही, तभी मुन्ना बोला “मुझे इस स्कूल तक पहुंचा दीजिये, मेरी परीक्षा है आज। इतनी गम्भीर चोट और उसकी लगन देखकर लोग चकित हो गए। मुन्ना डॉक्टर बनने के लिए कोई अवसर गंवाना नहीं चाहता था। लोगों ने उसे परीक्षा-केन्द्र तक पहुंचा दिया। पूछने पर परीक्षक को लोगों ने सारी बातें बतायी।

परीक्षक ने मुन्ना को एक गोली दर्द कम करने की दी और उसे उसकी सीट पर बैठा दिया और बोला "बेटे दर्द हो रहा है, लिख पायेगा?"

"सर यदि मेरी यह परीक्षा छूट गयी तो मुझे इससे कहीं ज्यादा दर्द होगा।" मुन्ना ने परीक्षक से कहा और भरी आंखें लिए प्रश्न हल करने लगा। वह प्रश्न हल कर रहा था और कमजोरी उस पर हावी होती जा रही थी। दो प्रश्न बचे थे तभी मुन्ना बेहोश हो गया। परीक्षक ने मोहित के पिता जी को सूचित किया, वे फौरन आकर उसे अस्पताल ले गये।

खून ज्यादा बह जाने से उसका पैर खराब हो गया और मुन्ना दिव्यांग हो गया। डॉक्टर ने बताया कि वह अब कभी बगैर किसी सहारे के चल नहीं सकेगा। वह पैर से नहीं, हौसलों से चलने वाला असाधारण बालक था। उसे अपने सपनों के सामने दुनिया छोटी लगने लगी थी। मुन्ना लंगड़ाकर चलने लगा हमेशा-हमेशा के लिए। उसे कुदरत ने अपार कष्ट दिया था किन्तु एक दया भी उस पर की, उसका मेडिकल कॉलेज में प्रवेश के लिए अनंतिम चयन हो चुका था। जब नामांकन के लिए शुल्क की जरूरत पड़ी तो मोहित के पिता ने उसे शिक्षा ऋण दिलवा दिया। उसने शुल्क जमा कर अपना नामांकन करा लिया।

सात साल में कठिन परिश्रम और मस्ती मज़ाक करते हुए मुन्ना, डॉ0 मुन्ना बन गया। उसने अपना नर्सिंग होम बनाया। उसने अपने अस्पताल में उन सभी समस्याओं का ख़याल रखा जिनसे आम जनता या गरीब मरीज़ मरने को मजबूर होते हैं। उसने डॉक्टरी को पेशा तो बनाया लेकिन खुद को पेशेवर नहीं बनने दिया। वह हमेशा डॉक्टर ही बना रहा। मुन्ना ने डॉक्टर को दूसरे भगवान् की तरह ही सिद्ध किया।

धीरे-धीरे उसने बहुत से गैर सरकारी संगठनों की मदद से उन इलाक़ों में कई सारे अस्पताल खोले जहाँ से मरीज़ों का अस्पताल तक की दूरी तय कर पाना मुश्किल होता था। कई वर्षों की कठिन मेहनत पर मुन्ना को भारत सरकार की ओर से चिकित्सा के क्षेत्र में किये गए उसके कार्यों के लिए सम्मानित किया गया। मुन्ना बहुत नामी डॉक्टर हो गया था। वह इस बात का पूरा खयाल रखता

कि मरीज़ पैसे की कमी से न मरे। उसे प्रतिदिन हजारों लोग दुआयें देते थे। वह प्रदेश का सबसे दयालु और अमीर डॉक्टर बन गया था।

कलकत्ता में जिस फैक्ट्री में उसका भाई काम करता था वह बन्द हो चुकी थी। उसका भाई नौकरी विहीन हो गया था। वह मुन्ना के पास ही आकर रहने लगा था। एक दिन गायत्री के भाई का बच्चा मार्ग दुर्घटना में चोट खा गया, चोट बहुत गम्भीर थी। बहुत इलाज कराने के बाद भी जब बच्चा ठीक नहीं हुआ तब मजबूरन शरमाते हुए सरपंच का परिवार मुन्ना के पास पहुंचा। मुन्ना बड़े अदब के साथ उनसे पेश आया और उनके बच्चे को आपातकालीन वार्ड की तरफ ले जाने को कहा। वे लोग बच्चे को लेकर वहां पहुंचे। नर्सिंग स्टाफ़ ने बच्चे को तुरंत भर्ती किया। गायत्री के भाई ने देखा कि इस आपातकालीन वार्ड का नाम है स्व0 बहन गायत्री देवी वार्ड। गायत्री का भाई अपनी बहन की याद में खो गया।

11

असमंजस

"इस तरह गला फाड़ने से क्या होगा, अगर कुछ समस्या है, तो उसका समाधान ढूंढ़िये। रामबदल को काहे नहीं बुला लेते?"

"नहीं हम उसे यहाँ नहीं बुला सकते।"

"काहे?"

"अब तुम्हारे हर काहे का जवाब देना ज़रूरी तो नहीं।"

"हम जानती हैं।"

"क्या जानती हो?"

"कुछ भी, अब तुम्हारे हर बात का जवाब देना हमारे लिए भी तो ज़रूरी नहीं है न।"

दोनों पति-पत्नी जवाब-सवाल के बहाने एक दूसरे के अस्तित्व में मिलकर एक होना चाहते थे। तभी ठकुराइन ने बाहर से सभाजीत को पुकारा। सभाजीत सिंह भागते हुए बाहर गये और सुभद्रा अपने अस्त-व्यस्त वस्त्रों को ठीक करने

लगी।

ठकुराइन आंगन में मचिया पर बैठी थीं। सभाजीत दौड़कर माँ के पास आये और आदेश सुनने की प्रतीक्षा में खड़े हो गये। ठकुराइन ने पड़ाइन को एक थाली आटा देते हुए प्रणाम किया। पड़ाइन जी आशीर्वाद देते हुए बाहर हो गयीं।

"जी अम्मा?"

"का जी अम्मा, जी अम्मा; हमारे खेत को छोड़कर पूरे इलाक़े में एक भी खेत नहीं बचा जहाँ गेहूं की पकी फ़सल अभी तक लहलहा रही हो, सबने काटकर अपना दाना पानी सुरक्षित कर लिया है, एक तुम्हें छोड़कर।"

"जानते हैं, पर कर क्या सकते हैं? हम अकेले जाके इतना फ़सल काट तो सकते नहीं, अगर मजूर से कटवायें तो धन लगता है।"

"काहे नहीं कमाते धन?"

"कहाँ से कमायें? पान की ढाबली खोल लें, ओझा के यहाँ नौकरी कर लें या फिर भीख मागें? जिंदगी भर ये लोग हमारे दरवाज़े पर जी हजूरी किये हैं, अब हम इनके यहाँ नौकरी करेंगे तो ठाकुर खानदान की क्या साख़ रह जायेगी।"

"इनके आगे कर्ज़ के लिए हाथ फैलाने से तो अच्छा ही है।"

"हमसे नहीं हो पायेगा"।

ठकुराइन नाराज़ होकर उठीं और "सारी फ़सल में आग लगा दो" कहते हुए बरामदे की ओर चली गयीं।

यह वही ठाकुर परिवार है, जहाँ से गाँव के अधिकांश घरों का चूल्हा जलता था। मगर आज खुद ठकुराइन के यहाँ चूल्हा जलना महाभारत जैसा है। ठाकुर के मरने के बाद तो स्थिति बद से बदतर की ओर बढ़ती चली गयी। सभाजीत ठाकुर साहब के एकलौते पुत्र थे, जिनके पास अय्याशी के अलावा और दूसरा कोई काम नहीं था। वो तो ठाकुर साहब अपने पीछे इतनी जागीर छोड़कर गये थे, जिसे बेचकर अभी तक काम चला, परन्तु अब जागीर की मात्रा बहुत कम हो

चुकी थी। खर्च बढ़ गया था, लेकिन ठाकुरपने में कोई कमी नहीं थीं। सभाजीत छोटा काम कर नहीं सकते थे और उन्हें बड़ा काम मिल नहीं सकता था।

ठाकुर रंजीत सिंह के दो लड़के थे, अजीत सिंह और सुनीत सिंह। ठाकुर रंजीत सिंह के जीते जी ही दोनों बेटों में बंटवारा हो गया था। ठाकुर साहब के बड़े पुत्र अजीत सिंह अय्याश प्रकृति के थे। चार विवाह हुआ, पर चौथी को छोड़कर एक भी पत्नी टिकी नहीं, एक-एक कर तीन भाग गयीं। चौथी किसी तरह अपना जीवन समेटे यहीं ठाकुर साहब के यहाँ पड़ी रही। कई वर्षों बाद जिनसे सभाजीत सिंह का जन्म हुआ। वहीं ठाकुर साहब के छोटे पुत्र सुनीत सिंह पढ़-लिखकर वकील हो गये थे। भाई से तो पहले ही अलग हुए थे, कुछ वर्षों बाद गाँव छोड़कर शहर में अपने बीवी बच्चों के साथ बस गये थे। सुनीत सिंह का एक विवाह हुआ था। जिनसे दो पुत्र हुए, अभय सिंह और निर्भय सिंह। सुनीत सिंह को मरे हुए दस वर्ष हुए होंगे। अभय सिंह विश्वविद्यालय में प्रोफेसर हो गये और निर्भय सिंह सात आठ वर्षों से आईएएस बनने के लिए प्रयासरत हैं।

सौ टके की बात ये है कि सुनीत सिंह का परिवार तो बदलते वक़्त के साथ क़दम मिला लिया, लेकिन रंजीत सिंह न अपने जीते जी मिला सके, न ही सभाजीत में ऐसा कोई गुण़ ही दे सके। सभाजीत अपनी धर्मपत्नी एवं माता के साथ अपनी टूटती हैसियत और बिखरती इज्ज़त लिए झूठी शान में ज़िन्दगी घसीट रहे थे।

वक़्त की नज़ाकत को भांप कर ज़िन्दगी का रुख उस दिशा में मोड़ देने वाला ही प्रगतिशील विचारधारा का कहलाता है। सभाजीत सिंह के घर की स्थिति ये थी कि जिंदगी भर ठाकुर की हवेली पर काम करने वाला रामबदल अब बुलेट मोटरसाइकिल से चलने लगा था और वक़्त-बेवक़्त ज़रूरत पड़ने पर ठकुराइन के आग्रह पर आर्थिक मदद भी करता था।

सभाजीत वहीं आँगन में खड़े शोक-मुद्रा में कहीं खोये हुए थे। ठकुराइन बरामदे में वापस आकर बोलने लगीं। “इस तरह मुंह लटकाने से फ़सल नहीं कटेगी, रामबदल को फ़ोन करके बुला लो वो कटवा देगा।”

रामबदल का नाम सुनते ही सभाजीत के चेहरे का रंग बदल गया।

“वो अब मजूरी नहीं करता, उसका बेटा तहसीलदार हो गया है। वो अब मजूरी काहे करेगा?”

“तुम फ़ोन करो, वो हमारे यहाँ आज भी काम को मना नहीं करेगा।”

“वो काहे?”

“जब कुछ करने की अवक़ात न हो, तो सवाल नहीं पूछा जाता।”

“हमें उसकी शक्ल पसंद नहीं है।”

“करना तो पड़ेगा ही, फ़ोन लेकर आओ हम कहते हैं।”

सुबह सुबह ठकुराइन द्वार पर कुर्सी लगाये बैठी थीं। लोग आते-जाते राम-राम कर रहे थे। कभी कोई ब्राह्मण निकलता तो ठकुराइन प्रणाम करतीं। सामने से बुलेट मोटरसाइकिल से रामबदल आता दिखाई दिया। ठकुराइन थोड़ा संभलकर बैठीं। रामबदल मोटरसाइकिल खड़ी करके ठकुराइन के पास आया। पीछे से सभाजीत चाय लेकर आये। रामबदल ठकुराइन का पैर छूने के लिए झुका, लेकिन दोनों की नज़रे मिलीं और रामबदल पैर छुए बगैर सीधा खड़ा हो गया। सभाजीत माजरे को देख कर बौखला उठा। रामबदल औपचारिकता स्वरूप सभाजीत के क़दमों में झुका, मगर हाथ को न उसके पैर पर लगाया और न अपने माथे पर।

सभाजीत आपे से बाहर हो गया, झटके में रामबदल के मुंह पर एक तमाचा जड़ दिया। ठकुराइन चौंक उठीं। रामबदल गुस्से से लाल हो गया।

“हम जा रहे हैं मालकिन...”

“काहे खेत कौन काटेगा?” सभाजीत ने व्यंग्यपूर्वक कहा।

“बीवी को गिरवी रख देना, मजूरी के लिए पैसा दे देंगे” कहते हुए रामबदल अपनी बुलेट स्टार्ट करके चला गया।

गुस्से से लाल सभाजीत माँ को घूरता रहा, बर्दाश्त न कर पाने की स्थिति में माँ से पूछा- “आपने उस हरामखोर को डांटा क्यूँ नहीं, उस हरामखोर की इतनी हिम्मत?”

"जमाना बदल गया है, वो अब शोषित नहीं हैं, बेटा उनका तहसीलदार है। तुम्हारे खानदान के लड़के अभी तैयारी ही कर रहे हैं और वो हो चुका है।"

"या कोई और बात है?"

सुनते ही ठकुराइन तमतमा उठीं। पीछे से भारद्वाज पांडे आते हुए बोले "हाँ तो बता दीजिये क्या बात है"।

"काहे पांडे जी आप नहीं जानते कि उसके तहसीलदार बेटे को अरहर के खेत में हम किस अवस्था में पकड़े थे, आपकी बिटिया के साथ।"

"देखिये ठकुराइन इस तरह किसी पे कीचड़ उछालना अच्छा नहीं है। आपके घर का मामला है, आप ही निपाटाइये..." कहते हुए पांडे इज़्ज़त बचाकर भाग निकले।

राजिन्दर ओझा चमरौटी में खड़े मंगल को गरिया रहे थे। मंगल की पत्नी माथे तक घूँघट काढ़े खड़ी थीं। दो चार लोग और तमाशा देख रहे थे। मंगल, रामबदल को बुलाकर लाया। मंगल ने राजिन्दर को पाँय लागी किया, लेकिन रामबदल ने नहीं किया। रामबदल अकड़कर, राजिन्दर के सामने खड़ा हो गया।

"काहे ओझा, काहे गरिया रहे हैं आप इनको?"

"अब इनके ठेकेदार तुम हो गये?"

"काहे हम नहीं हो सकते हैं?"

"नहीं नहीं... हो जाओ, हो जाओ... लेकिन एक बात कान खोलकर कर सुन लो, हामी भरने के बाद अगर एक भी मजूर हमारे खेत में अनुपस्थित हुआ तो तुमको भी नहीं छोड़ेंगे, सारी नेताही कहाँ डालेंगे तुम अच्छी तरह जानते हो...।"

दौड़कर मंगल आगे आ गया। कहने लगा "महराज उ तोहार पटीदार देवेनदर भइया जबरदस्ती बुला ले गये थे अपने यहाँ"।

"काहे, वो पैसा देते हैं, हम नहीं देते हैं का बे... कि वो लोग प्रभावशाली हैं

इसलिए तुम्हारे इतना दम नहीं है कि तुम जवाब दे सको; ठाकुर सुनीत के लौंडे शहर से आते हैं, और तुम पहुँच जाते हो उनके खेत में। देवेनदर कहें तो तुम उनके खेत में पहुँच जाते हो मरने, हम बाभन नहीं हैं का ... रे!"

"रामबदल बीड़ी जलाकर सामने आया "बाभन ठाकुर से क्या होगा ओझा! वो लोग प्रभावशाली हैं, समर्थ हैं हमारी मदद के लिए... वो हमें डराते नहीं हैं वक़्त के साथ हमारी इज्ज़त करना सीख गए हैं"।

राजेन्द्र ओझा, क्रोध से भर उठे और मुट्ठी भींचते हुए बाहर चले गये। रामबदल गाँव के लोगो को इकट्ठा करके खुद बीच में खड़ा हो गया। चारों तरफ़ देख देखकर कहने लगा "हम किसी के गुलाम नहीं हैं ये सही है... परन्तु जो इज्ज़त करने लायक हैं, हमारे लड़के उनकी भी इज्ज़त नहीं करते... ये ग़लत है... कहीं कोई खड़ा है, और यदि योग्यता और उमर में वह हमसे बड़ा है तो हम उसके लिए कुर्सी इसलिए नहीं छोड़ते कि अब हम भी अकड़ दिखायेंगे; तो क्या सही है ... हम वोट बैंक क्यों बन रहे हैं ... हम समानता का भाव चाहते हैं कि हम नीच ही बने रह कर समाज से अलग-थलग रहकर सबको डराना चाहते हैं। ऐसे में हम समान कभी नहीं होंगे, बराबर बनने के लिये हमें विशेष बनने की चाहत छोड़नी होगी। हम किसी के आगे मजबूरन नहीं झुकेंगे लेकिन जो सम्मान करने योग्य है उसके आगे झूठी अकड़ में नहीं खड़ें होंगे। यदि हम दलित शब्द से ऊपर उठना चाहते हैं तो, शक्ति सम्पन्न होकर भी दलित-दलित का रोना बंद करना होगा...।"

गेहूं का सुनहरा खेत लहलहा रहा था। पुरवाई बह रही थी। सभाजीत मेड़ पर बैठे गर्मी की सांझ का आनंद ले रहे थे। मन में तरह तरह के विचार उठ रहे थे। सूरज डूबने वाला था; एक दम गोल सुर्ख लाल। पक्षी कलरव कर रहे थे। राजेंद्र ओझा आकर सभाजीत के पास बैठे।

"राजिंदर भाई दिमाग़ बहुत ख़राब है"।

"का हुआ?"

"अरे होना क्या है, ससुर जो कल तक रेंगते थे हमारे सामने, आज सीधा खड़े होकर चलें तो भी बर्दाश्त कर सकते हैं, लेकिन खुद तो खड़े हो गये, हमको रेंगवाना चाहते हैं, यह बात बर्दाश्त नहीं होती।"

"पाण्डेय काका की बिटिया के साथ, जब से ससुर पकड़ा गया है, हमारे आंखन में खून भरा है इसके लिए; अगर तुम साथ दो तो जान से मार दें, हरामी को"।

"पर...।"

"पर-वर क्या, सभाजीत भाई, सबसे बड़ा हक़ तो उस खानदान को मिटाने पे तुम्हारा ही बनता है।"

दोनों की आँख मिली। सभाजीत ने अपने खेत के एक कोने में माचिस की एक जलती हुयी तीली रख दी। देखते ही देखते पूरा खेत वीभत्स लपटों से भर उठा। खेत में मौजूद कीड़े-मकोड़े बिलबिला उठे। दोनों व्यक्ति वहीं बैठे रहे। सभाजीत के आँखों से आंसुओं की एक लकीर उसके शर्ट के कॉलर तक बन गयी।

रामबदल अपने द्वार पर बैठे थे। उनका बेटा नीरज जो तहसीलदार है वहीं सामने बैठा था। पिता–पुत्र किसी समस्या पर चर्चा कर रहे थे।

"बापू आपने उसे मारा क्यूँ नहीं, जब उसने आप पर हाथ उठाया?"

"बेटा वो लोग सरकार हुआ करते थे हमारे, हमने उनकी गुलामी की है; इतना तेज़ परिवर्तन स्वीकार नहीं हो सकता।"

"अब सबको स्वीकार करना पड़ेगा... मैं उसे बर्बाद कर दूंगा।"

"तुम सब में यही समस्या है, थोड़ा दाना-पानी अंट गया तो उछल पड़ते हो।"

"आप भी तो हमारी ही जाति के हैं, या ...

"नहीं भैया, इनकी अम्मा तो तुम्हारी ही जाति की थीं; वो सभाजीत सिंह के

दादा रंजीत सिंह के यहाँ काम करती थीं, तो रंजीत सिंह ने इन्हें इनकी माँ को प्यार में उपहार दिया था। आप समझ रहे हैं न!'' कहते हुए गोकुल शुक्ल आगे बढ़ गये।

ठकुराइन को जब फ़सल जलने की ख़बर मिली तो वे क्रोध से भर उठीं, सभाजीत अपनी पत्नी सुभद्रा के साथ आंगन में बैठे थे।

''अब और बर्दाश्त नहीं होता; बहुत सुन चुका कि मैं रामबदलवा का बेटा हूँ ... बोलिए सही है कि ...''

''हाँ सही ...''

''और कोई नहीं मिला था तुमको प्यास बुझाने के लिए?''

''बेटा इतिहास में जाना अच्छी बात नहीं है।''

''हम जान से मार डालेंगे उसे उसके परिवार को...और तुम्हे भी। ''

''काहे? रामबदलवा को तुम्हारे पूज्य दादा जी ने ही जना था, तब तो नहीं उसने मार डाला किसी को ...''

सभाजीत तमतमाते हुए बाहर हो गये।

''हाँ जाओ-जाओ जो तुम्हें सलाह दे रहे हैं, उन्हें ये पता नहीं, तुम्हारा बाप कितना बेरहम था; मेरे काले रंग की वजह से वह मुझे छूना तो दूर देखना भी पसंद नहीं करता था। मुझे छूता था तो सिर्फ़ मुझे चोट पहुंचाने के लिए... हर इंसान प्रेम का भूखा होता है ...''

तहसीलदार बेटा और रामबदल बैठे थे। सामने से मोटरसाइकिल से राजिंदर, सभाजीत के साथ पंहुचे। राजिंदर ने सभाजीत से गोली चलाने को कहा। सभाजीत ने बंदूक रामबदल के ऊपर तान दी। रामबदल आँख फाड़कर सभाजीत की आँखों में देखता रहा। चमरौटी के लड़कों ने उन्हें घेर लिया। बार-बार राजिंदर गोली चलाने को उकसाते रहे किन्तु थोड़े समय के लिए सभाजीत जड़ हो गये। फिर अचानक राजिंदर से वापिस घर चलने को कहा। राजिंदर के

पूछने पर बताया कि पहले ठकुराइन को गोली मारेंगे। राजिंदर गाली और धमकी देते हुए वहां से वापिस हो गये।

"अम्मा कहाँ हैं", चिल्लाते हुए सभाजीत घर पर पहुँचे। सुभद्रा ने बताया कि एक घंटे से माँ अंदर कमरा बंद करके बैठी हैं। सभाजीत ने जबरदस्ती दरवाज़ा खोला। ठकुराइन माला जाप कर रही थीं।

"बंद करिये ये ढोंग...।"

"ढोंग!"

"बेहया, तुम्हें शर्म नहीं आती कि तुम रामबदल की ...जी करता है जान से मार दूँ तुझे।"

"तो मार दे, सोच काहे रहा है।"

"मेरी ज़िन्दगी शर्म की अमानत हो चुकी है, तुझे शर्म नहीं आती कुल्टा!"

"शर्म? कुल्टा?" ठकुराइन कह कर हंसने लगीं। यही शब्द बुदबुदाते हुए कमरे से बाहर निकल गयीं। सभाजीत वहीं जड़ होकर शून्य में देखते रहे।

12

लीगल एडवाइज़र

दिनेश फ़ेसबुक का इतना दीवाना था क़ि उसके चौबीस घण्टे में से आठ घंटे तो फ़ेसबुक पर ही बीतते थे। दिनेश ने फ़ेसबुक पर अपनी आई-डी दिनेश जॉर्डन के नाम से बना रखी थी। लड़कियों का नाम ढूंढ-ढूंढकर उन्हें फ्रेंड रिक्वेस्ट भेजना उसकी आदत थी। रात में बारह बजे के बाद वह अपनी फ्रेंड लिस्ट में मौजूद लड़कियों से चैट करने की कोशिश करता था। जहां उसकी कोशिश सफल होती, वहाँ वह देर तक लगा रहता था। कई बार तो चैट करते-करते उसने सुबह भी कर दी थी। सुबह चैट उन लड़कियों से ज्यादा होती जिनसे वह अत्यधिक व्यक्तिगत मामलों पर बात किया करता था। कई बार कई सारी लड़कियों ने उसे उसकी अश्लील हरकतों पर फ़टकार लगाते हुए, ब्लॉक भी कर दिया था।

उसकी और भी एक गन्दी आदत थी। बेवजह पोस्ट करना और उसे बहुत से मित्रों को टैग कर देना। कभी-कभी उसकी मासूम प्रोफ़ाइल पिक्चर को देखकर कुछ-कुछ फ्रेंड रिक्वेस्ट भी आ जाती थीं, जिसमें लड़कियों की भी रिक्वेस्ट होती। लड़कियों की आयी हुयी रिक्वेस्ट को एक्सेप्ट करते ही वह उनसे

चैटियाने लगता। यह हरक़त अक्सर कई खूबसूरत रिक्वेस्ट आयी हुयी लड़की को जल्द ही उसे अन्फ्रेंड करने पर बाध्य कर देती। ऐसे ही एक रात जब जॉर्डन फ़ेसबुक पर ऑनलाइन था, तो एक "निम्मी शेहरावत" नामक लड़की की रिक्वेस्ट आयी। उसने झट से उसे एक्सेप्ट कर लिया; एक्सेप्ट करते ही हैलो किया।

"हैलो...!'

"हाय...!!'

"हाऊ आर यू?"

"आई एम फाइन बट मुझे अंग्रेजी नहीं आती..."

"ओह कोई बात नहीं.. हम हिंदी में बात कर सकते हैं।"

उस रात जॉर्डन की निम्मी से बहुत देर तक बात हुई। पहली बार किसी लड़की ने अपनी बात-चीत से जॉर्डन को प्रभावित किया था। लड़का था तो गांव का लेकिन वह फ़ेसबुक पर अपनी शानदार ब्यूटीप्लस एप्लीकेशन की मदद से बनी हुई फ़ोटो ही पोस्ट करता था।

कई दिनों की बात से जॉर्डन धीरे-धीरे उसके इश्क़ में डूबने लगा। वह लड़की भी बड़ी भावुक थी और सभ्य भी। सभ्य इसलिये कि इतने दिनों की बात-चीत के बाद भी अब तक किसी भी प्रकार की गोपनीय बातों को उस लड़की ने शुरू नहीं किया था। एक बार जब जॉर्डन ने शुरू भी किया था तो उसने फटकार लगाते हुए उसे मना कर दिया था। यह सब साधारण बातें जॉर्डन के दिल पर दस्तक़ दे रही थी। उस लड़की की आशिकी ने लड़के को परिवर्तित करना शुरू कर दिया था। अब जॉर्डन को निम्मी के सिवा किसी और से बात करने की फ़ुरसत नहीं थी। वह रात-रात भर निम्मी से लगा रहता। दिन में देर तक सोता इसलिए घर के सभी सदस्य उससे नाराज़ रहने लगे।

दिनेश अपने गांव में आटा-चक्की चलाता था। हालांकि यह बात उसने

फ़ेसबुक पर कभी नहीं बताई थी, यहां तक कि निम्मी को भी नहीं। उसने फ़ेसबुक पर प्रोफेशन लिख रखा था "लीगल एडवाइजर"। उसकी चक्की देर से खुलने की वजह से ग्राहक भी पड़ोस की चक्की के यहां खिसकने लगे थे। एक बार जब निम्मी ने किसी कानून के उपबंध के बारे में पूछा था, तो जॉर्डन की आँखों से धुंधला दिखाई देने लगा था। पसीने से भीगे हुए जॉर्डन ने जब अपनी चैट लिस्ट में शुक्ला जी को ऑनलाइन पाया तब जाकर राहत की सांस ली। शुक्ला जी उसके गाँव के वकील थे, जो कचहरी में प्रैक्टिस करते थे। जॉर्डन ने निम्मी के सवाल को कॉपी किया और शुक्ला जी पर पेस्ट कर दिया। शुक्ला जी भी जॉर्डन के यहाँ आटा उधार ही पिसवाते थे, अतः उन्होंने साहब की मदद कर दी। उत्तर मिलते ही जॉर्डन ने वहां से कॉपी किया, यहां पेस्ट कर दिया।

निम्मी बहुत खुश हुई। उसने तारीफ़ की तो जॉर्डन ने शर्माते हुए स्वीकार कर लिया और मौके का फ़ायदा उठाकर निम्मी की तस्वीर मांग ली। उसने भी आशिक को नाराज़ करना उचित नहीं समझा और थोड़ी ही देर में एक खूबसूरत तस्वीर भेज दी। तस्वीर देखते ही जॉर्डन की दीवानगी हद से ज़्यादा बढ़ गयी। वह दिन-रात उसी के ख़यालों में डूबा रहने लगा। निम्मी के मना करने पर उसने लोगों को टैग करना भी बंद कर दिया था। धीरे-धीरे उसने लोगों से ऐलान कर दिया कि वह निम्मी शेहरावत से ही विवाह करेगा। जब निम्मी की तस्वीर लोगों को दिखाता तो लोग तारीफ किये बिना नहीं रह पाते। लगातार दो साल की बात-चीत में बहुत-सी बात हुयी, यहां तक कि उन दोनों के बीच खूब-जमकर अंतरंग बातें भी हुईं। इसी बीच किसी कारणवश जब निम्मी दस दिन तक लगातार ऑनलाइन नहीं हुई थी, तो कैसे वो दिन बीते थे यह जार्डन का ईश्वर ही जानता है। जब दस दिन बाद ऑनलाइन हुई तब उसने जॉर्डन से बहुत माफ़ी मांगी थी।

एक दिन दोनों ने एक दूसरे से मिलने का फैसला किया। जॉर्डन कोट-सूट में, अपने घर से लख़नऊ के लिए रवाना हुआ। यह परिधान पहली बार पहनने की वजह से वह असहज था। उसने अपने कोट का लेबल भी नहीं निकाला था।

लख़नऊ स्टेशन पर पहुंचकर उसने निम्मी को फ़ोन किया तो निम्मी ने उसे लोहिया पार्क बुलाया। जॉर्डन ने लोहिया पार्क के लिए ऑटो ली। दो साल की

लगातार बातचीत के दौरान निम्मी और उसकी फोन पर मात्र दस-बारह बार ही बात हुई थी।

जब वह लोहिया पार्क पहुंचा तो उसे वहीं कुछ देर खड़े रहने का आश्वासन दिया गया। वह खड़े-खड़े अपनी जान की ख़ूबसूरत काया की कल्पना करने लगा। उसने जेब में हाथ डालकर देखा तो लॉकेट को पाकर खुश था। जॉर्डन ने पांच हज़ार का लॉकेट बनवाया था, अपनी निम्मी को देने के लिए। इन्तज़ार करते-करते जॉर्डन ने देखा सामने से एक श्वेत रंग की स्कूटी पर सवार, गुलाबी रंग की फ्रॉक डाले, एकदम गोरी-चिट्टी लड़की सामने से आती दिखाई दी। स्कूटी ठीक जोर्डन के सामने रुकी।

लड़की ने पूछा-

"आप अर्नव हैं...!"

"नहीं..नहीं...मैं..."--जॉर्डन ने लड़खड़ाते होंठों से कहा।

"कोई बात नहीं...आई एम सॉरी!"

कहते हुए लड़की आगे बढ़ गयी। जॉर्डन ने झुंझलाहट से निम्मी को फ़ोन लगाया। फ़ोन नहीं उठा। एक काली पैशन प्रो पर दो लड़के पहुचे, पूछा-"आप जॉर्डन हैं...!!"

जॉर्डन के सूखते गले से आवाज आई-

"जी हां...निम्मी कहाँ है??"

"आइये अंदर चलिए फिर बताते हैं।"

तीनों अंदर गये। जॉर्डन बार-बार निम्मी के बारे में पूछ रहा था। एक लड़के ने कहा-

"भाई बुरा मत मानना...दरसल जिसे आप निम्मी समझ रहे थे वह मैं ही हूँ। निम्मी शेहरावत नाम से मेरी फर्जी आईडी थी। बस आप जैसे मस्तमौला लोगों से बात करके मज़ा आ रहा था। इसलिए...भाई प्लीज़..."

सुनकर जॉर्डन का शरीर कांप उठा और उसने पूछा- "और मैं जिससे बातें

किया करता था...वह लड़की''

''वह लड़की मेरी गर्लफ्रेंड थी और हम सब आपसे तफ़री कर रहे थे।''

जॉर्डन रो पड़ा। रोते हुए उसने जेब से लॉकेट निकाली और कहा- ''अपनी गर्लफ्रेंड को दे देना, कहना उसके आशिक ने दिया है।''

13

अमर

शंकर केवट अपने दोनों पुत्रों से खुश नहीं थे। वे दोनों ही शंकर का ख़याल कम ही करते थे। फिर भी साथ रहने के लिए शंकर ने अपने छोटे बेटे पप्पू केवट को ही चुना था। पप्पू गांव में रहता था, बाल-बच्चेदार था ऊपर से बेरोजगार था। इसलिए शंकर ने सोचा कि अपने सेवानिवृत्ति पर मिलने वाली पेंशन से पप्पू को कुछ सहारा दे दिया करेगा। पप्पू घर की खेती देखता, गांव जंवार में न्योता आदि में शरीक होता था। शंकर का बड़ा बेटा पवन केवट पी.डब्ल्यू.डी. में नौकरी करता था। उसने अपनी सारी गृहस्थी शहर में ही बसा ली थी। वह कभी-कभी ही गांव आता था। उसने गांव में बने दो कमरे के घर में से एक कमरे में अधिकार स्वरूप अपना ताला लगा रखा था। पिता को हमेशा पवन से शिकायत रहती कि वह पप्पू की मदद नहीं करता।

शंकर, द्वार पर पड़ी खाट पर लेटे हुए बीड़ी पी रहे थे। द्वार पर एक मोटरसाइकिल आकर रुकी, मोटरसाइकिल एक लड़का चला रहा था और उस पर पीछे सत्यपाल बैठे हुए थे। सत्यपाल ने आकर शंकर के पांव छुए। शंकर भी उठ कर बैठ गए। लड़का भी आकर खाट पर बैठा। शंकर ने तेज़ आवाज़ में

अपने पोते अमर को बुलाया। अमर दौड़ता हुआ आया और उसने दोनों मेहमानों का पैर छुआ। शंकर ने पानी लाने को कहा तो अमर घर की ओर फिर दौड़ गया। सत्यपाल ने कुशल क्षेम पूछा तो सब ठीक-ठाक है का आश्वासन मिला। पप्पू के बारे में पूछने पर पता चला, कहीं गया होगा मेहनत मजदूरी करने।

सत्यपाल ने बातचीत आगे बढ़ाते हुए पवन द्वारा पप्पू को दी गयी किसी भी प्रकार की मदद के बारे में जानना चाहा तो शंकर ने पवन को खुदगर्ज, स्वार्थी और अव्वल दर्ज़े का हिसाबी बताया। यह सब सुनकर सत्यपाल बड़े भांजे के व्यवहार से बहुत क्षुब्ध हुए। अमर दौड़कर बगल की दूकान से बिस्कुट लाया, प्लेट में रखा, लोटे में पानी लेकर बाहर सत्यपाल के पास आया।

सत्यपाल पानी पी रहे थे तभी पप्पू अपनी पुरानी खटारा साइकिल से द्वार पर उतरा। आकर मामा का चरण स्पर्श करके बिना कुछ बोले ही घर के अन्दर चला गया। सत्यपाल छोटे भांजे की इस विपन्नता से व्यथित हो उठे वह मन ही मन पवन जैसा बड़ा भाई होने पर लानत भेजने लगे। पप्पू के अन्दर जाते वक्त सत्यपाल ने देखा पप्पू की कमीज़ पीछे से फटी हुयी थी और कभी इस्तरी न होने की वजह से सिकुड़ कर छोटी हो गयी थी। अमर भी आधा पांव का कच्छा और बनियान पहने हुए था। बनियान में तमाम छोटे छोटे छिद्र हो गये थे। सत्यपाल ने अमर की पढ़ाई के बारे में पूछा तो पता चला कि वह आठवीं कक्षा में पढ़ता है, जिसके लिए उसे खुद ही कुछ मेहनत करनी पड़ती है तब जाकर कलम पुस्तक खरीद सकता है। यह सब सुनकर सत्यपाल की आंखें भर आयीं। वह खेत खलिहान देखने गये तब उन्हें बंजर होते खेत को देखकर और भी करुणा हुई। वह कुछ घण्टे शंकर के यहां व्यतीत करके घर चले गये।

पवन केवट पी.डब्ल्यू.डी. विभाग के सम्मानित बाबू थे। तनख्वाह तो ठीक-ठाक थी ही, साथ-साथ ऊपरी कमाई से मालदार हुए जा रहे थे। शहर के उम्दा इलाके में मकान था। हर सुख सुविधा से संपन्न परिवार था। पवन के दो पुत्र और एक पुत्री थी। पुत्री का जल्द ही विवाह संपन्न हुआ था। दामाद सरकारी बैंक में क्लर्क थे। इसके लिए उन्हें भारी रकम दहेज़ में देनी पड़ी थी।

सुनने में आता है पढ़ा लिखा आदमी, इन्सान बन जाता है किन्तु देखने में ऐसा नहीं मिलता। कारण है कि जिन्हें अमूमन हम शिक्षित समझते हैं वे वास्तविकता में डिग्रीधारी साक्षर होते हैं, शिक्षित नहीं। तभी तो कलर्क साहब के लिये कलर्क साहब के पिता जी ने बहुत से तामझाम दहेज के रूप में मांगे थे। ये तो रही पुत्री की बात। पवन के दो पुत्र भी थे। बड़ा पुत्र क्लैट के माध्यम से एल0 एल0 बी0 अन्तिम वर्ष का छात्र था और छोटा पुत्र आई0टी0आई0 से डिप्लोमा करने के बाद पिछले दो वर्ष से पिता के साथ ही संविदा पर काम करने लगा था। पवन घर आये हुए मेहमान का जमकर आदर भाव करते थे किन्तु अपने पैतृक घर वर्ष में एकाध बार ही जाते थे। उस दिन जब पवन केवट दोपहर का भोजन लेने बैठे थे, तभी सत्यपाल आ पहुंचे थे। पवन ने सत्यपाल को देखकर असीमित हर्ष का परिचय दिया और स्वागत सत्कार में कोई कोर-कसर न छोड़ी। सत्यपाल उसके इस प्रेमभाव से प्रसन्न तो हुए किन्तु पप्पू के साथ हो रहे दुर्व्यवहार से व्यथित थे।

खा-पीकर जब सत्यपाल आराम करने के लिए गद्दीदार बिस्तर पर लेटे तो पवन को बुलाकर बैठाया। पवन के आने पर इधर-उधर की बात करने के पश्चात उन्होंने पप्पू की बात शुरू कर दी थी। पहले पप्पू की दुर्दशा पर प्रकाश डाला फिर घर द्वार की बदहाली पर ध्यान दिलाते हुए अन्त में इस सब पर पवन के संवेदनहीन होने की बात कही। इन सभी बातों को सुनकर पवन ने शुरू से बताया कि उसने पप्पू को कितनी बार खेती के लिए धन दिया और हर बार पप्पू ने उसे अनर्गल खर्चे में उपयोग कर लिया। उसने ये भी बताया कि उसने घर में पहले कोई हिस्सा नहीं लिया था लेकिन जब वो और उनकी पत्नी किसी आयोजन पर गांव जाते थे तो पप्पू की पत्नी लेटने बैठने तक का प्रबन्ध नहीं करती थी। उन्हें मजबूरन पड़ोसी की छत पर जाकर सोना पड़ता था। बातों-बातों में यह भी बात आयी कि पप्पू के बेटे अमर के लिए जब उसकी पत्नी कपड़ा लेकर गयी थी तो उसे दुश्मन के द्वारा लाया हुआ कपड़ा कहकर पप्पू की पत्नी के द्वारा इन्कार कर दिया गया था। सबसे ज्यादा हैरान सत्यपाल तब हुए जब उन्हें पवन ने बताया कि उनका द्वार इसलिए साफ़ नहीं किया जाता क्योंकि उसमें आधा हिस्सा उसका यानी पवन का भी है। उसने कसम खाते हुए यह भी कहा कि उसने या उसकी

पत्नी ने खेती में होने वाले नफ़ा-नुकसान के बारे में कभी कोई पूछताछ तक न की है, फिर भी बदनाम करने की गरज से पप्पू ने उसके तरफ से अवरोध बताकर खेती करना छोड़ दिया। यहां तक कि जब उसने पप्पू को अपने विभाग के एक अधिकारी के यहां चपरासी की नौकरी दिलवायी थी तो पप्पू की पत्नी सुभद्रा ने पप्पू को इसलिए नहीं जाने दिया था कि वह पवन के माध्यम से मिली चपरासी की नौकरी नहीं करेगा। इन सब बातों को सुनकर सत्यपाल, पप्पू और सुभद्रा पर बहुत हैरान हुए। सत्यपाल ने पवन को बड़ा भाई होने की दुहाई देते हुए बहुत समझाया और पप्पू को माफ़ करते हुए पुनः मदद करने का आग्रह किया।

सत्यपाल के आग्रह को स्वीकार करते हुए पवन ने पप्पू के पुनः इंकार करने की अशंका को शिकायत स्वरूप रखा। तब सत्यपाल ने पप्पू को फ़ोन लगाया, फ़ोन उठा और सत्यपाल ने पप्पू को पवन के घर आने को कहा। पप्पू कुछ "हां" "न" में जवाब देता इससे पहले ही फ़ोन उसकी पत्नी ने छीन लिया और कहने लगी

"नाहीं ये कहीं न जायेंगे, जिसको आना हो यहां आये, यहां उनका भी है और हमारा भी, वहां सिर्फ उनका है।"

"ज्यादा हिसाबी न बनो बच्ची, परिवार में इतना द्रोह ठीक नहीं है।" सत्यपाल ने जवाब कहा।

जवाब सुनकर सुभद्रा झुंझला उठी और उसने कहा "ज्यादा मामला शांत कराने की कोशिश न करो, मुंहझौंसे !, बुढ़ऊ! वरना घर आने पर एक लोटा पानी तक न पूछूंगी।"

यह सुनकर सत्यपाल ने फ़ोन काट दिया। सिर पकड़कर बैठ गये। कुछ देर चिन्तित बैठे रहे, फिर गांव पर ही चलकर बात करने के लिए पवन से प्रार्थना करने लगे। पवन ने करबद्ध सत्यपाल को भरोसा दिलाया कि आप जहां चाहें वहां चलकर बात करें, उसे कोई ऐतराज़ नहीं।

सत्यपाल, सत्यपाल का बेटा जो मोटर साइकिल चलाता था और पवन केवट, तीनों शंकर के घर के लिए निकल पड़े।

द्वार पर तमाम तरह का कूड़ा करकट फैला हुआ था। शंकर केवट खाट पर माथा पकड़े बैठे थे। अचानक मोटर साइकिल की आवाज़ सुनकर रास्ते की तरफ़ देखने लगे। सत्यपाल, पवन और सत्यपाल का बेटा मोटर साइकिल से द्वार पर पहुंचे। देखते ही पप्पू उठकर कहीं जाने लगा तब सत्यपाल ने उसे रुके रहने को कहा। सुभद्रा भी अन्दर श्वेत-श्याम टेलीवीजन पर कोई सीरियल देख रही थी। मोटर की आवाज़ सुनकर वह भी बाहर आयी। बाहर आकर माथे तक घूंघट डालकर, साड़ी के पल्लू को मुंह से दबाकर, दरवाज़े के ही समीप बैठ गयी।

सत्यपाल ने देखा कि पवन ने अपने पिता का पैर छुआ, पप्पू ने उनका यानी सत्यपाल का पैर तो छुआ किन्तु बड़े भाई पवन का कोई अभिवादन नहीं किया। सत्यपाल ने सबको द्वार पर बैठने को कहा। सभी लोग बैठ गये। अमर भी दौड़ा-दौड़ा आया उसने अपने बड़े पिता जी का चरण स्पर्श किया तभी सुभद्रा चिल्लाने लगी कि अमर ने पवन का चरण क्यों छुआ। सत्यपाल ने सुभद्रा को तेज़ से फटकार लगायी लेकिन वह चिल्लाती रही और तमाम तरह का बुरा भला उसने सत्यपाल को भी सुनाया।

जब सुभद्रा शांत हुई तब सत्यपाल ने अपनी बात रखनी शुरू की सत्यपाल ने कहा ''तुम दोनों में जब नहीं बन पट रही है तो तुम दोनों लोग आपसी सहमति से बंटवारा कर लो; समस्त अचल संपत्ति को तीन भागों में बांट दो।''

तीन भागों में सुनकर सब हैरान हो गये। सत्यपाल ने समझाया ''दो हिस्सा तुम दोनों का और तीसरा हिस्सा शंकर केवट यानी तुम्हारे बाप का।'' ये बात सुनते ही वे आपस में लड़ने लगे। सत्यपाल ने कई तरह से समझाया लेकिन कोई मानने को तैयार नहीं था।

पवन ने कहा ''यदि बाप्पा के नाम भी संपत्ति होती है तो वह मरने पर पप्पू के नाम, अपने हिस्से की संपत्ति कर जायेंगे, क्योंकि वह मेरे परिवार को फूटी आँखों से भी नहीं देखना चाहते।''

''वो चाहे हमें दें तुम्हें दें या किसी और को दें तुमसे कुछ मतलब है रे! तुम या तुम्हारी महारानी जी, इन्हें एक रोटी देने भी तो नहीं आते रे!'' सुभद्रा ने झगड़ते हुए कहा।

“तमीज़ से बात कर दुष्ट कहीं की गंवार! रोटी देती हो तो पेंशन भी तो तुम्हीं खाती हो! अगर है इनकी हिम्मत तो ये दे के दिखायें सम्पत्ति तुम्हें!”

“तुम हमें तमीज न सिखाओ...सारा घर का धन ले जाकर घर बनवा लिए वहां और हमारा कोई हिस्सा भी न लगाया उसमें।”

“कौन कह रहा है कि हम घर का एक पैसा भी ले गए हैं...कसम है हमें हमारे संतानों की जो ले गए हों तो! हमारा श्राप लगेगा तो सुबह का मुंह न देखोगे तुम लोग; हम मेहनत किये हैं तब जाकर शहर में दो कोठरी बनवा सके हैं, पप्पू की तरह मज़ा नहीं लूटे हैं ज़िन्दगी भर।”

“जो मज़ा हम लूट रहे हैं वह हम ही जानते हैं...।” सुभद्रा ने पलटवार किया तो मामा बीच-बचाव करने के लिए उठकर सामने आये। सबको समझाया कि “तुम सब पढ़े लिखे लोग हो इस तरह बदतमीजी नहीं करनी चाहिए, तुम लोगों को!” ये सुनते ही सुभद्रा और पवन दोनों सत्यपाल को बुरा भला कहने लगे।

यह सब हो ही रहा था कि सबने देखा पवन की पत्नी भी अपने पड़ोसी के लड़के के साथ वहां आ पहुंची। उसके पहुंचते ही मामला और अशांत हो गया। गांव के लोग वहां एकत्रित हो गये। बंटवारा और सहमति से मामला और भी दूर चला गया। उन दोनों औरतों के बीच तमाम बातों का हिसाब होने लगा; वह भी हिसाब ऐसे मामलों का जिसकी वर्तमान में कोई प्रासांगिकता नहीं थी। दोनों ने एक दूसरे पर आरोप- प्रत्यारोप शुरू कर दिया। बारह वर्ष का बच्चा अमर दौड़-दौड़ कर दोनों माताओं को शांत कराने की कोशिश करता लेकिन विफल हो जाता। इस कोशिश में उसे कुछ चोटें भी आयीं।

मामले ने और भी गम्भीर रूप धारण कर लिया जब दोनों औरतों में हाथापाई होने लगी। शंकर केवट सर पर हाथ धरे शांत बैठे रहे, सत्यपाल चिल्लाते रहे। मामला गंम्भीर से गंभीरतम में तब पहुँच गया जब पढ़ा लिखा सूरज पवन का छोटा बेटा आया। वह आते ही अपनी चाची सुभद्रा को मारने लगा। पत्नी को मार खाते देख, पप्पू भी क्रोध से भर उठा। उसने घर में से लाठी निकाली और देखते ही देखते सूरज पर टूट पड़ा। सत्यपाल ने रोकने की

कोशिश की तो उसने सत्यपाल को धक्का दे दिया, सत्यपाल गिर पड़ा। सूरज छूटते ही, गिरे हुए सत्यपाल को लातों से मारने लगा और सारे मामले का कारण उसे बताने लगा।

पिता को मार खाते देख, सत्यपाल का पुत्र खुद को रोक न सका उसने सूरज को कई चांटे मारे और घसीटते हुए खाट पर जाकर पटक दिया। चिल्लाते हुए कहने लगा "आप लोग खुद को पढ़ा-लिखा कहते हैं! शर्म आनी चाहिए आप लोगों को! छोटी-छोटी बातों को मुद्दा बनाकर, आपसी मामलों को रंजिश बना देते हैं, आप लोग! आप सब के मन में खोट है। आप लोग लालच और स्वार्थ विकार में जल रहे हैं। किसी में भी सब्र नहीं है। पवन भइया, आप कम बेईमान नहीं हैं, और पप्पू भइया आप तो बेईमानी के साथ-साथ कामचोर भी हैं। किसी में कोई सब्र, संतोष नाम की चीज नहीं है। नश्वर वस्तुओं के लिए खूबसूरत भावों को इस तरह बर्बाद कर रहे हैं आप लोग। रिश्तों की कीमत से अधिक है इन नश्वर वस्तुओं की क़ीमत?" आप लोगों से ज्यादा समझदार तो यह नन्हा अमर है।

सत्यपाल का पुत्र चिल्ला ही रहा था कि न जाने कौन सी बात पर पप्पू ने अपनी भाभी को एक चाँटा मारा। दोनों में फिर हाथापाई होने लगी। धीरे धीरे पवन व सुभद्रा भी शामिल हो गये। इस क़दर मार-काट को देखकर रिश्ते चित्कार उठे। पवन दौड़ता हुआ आया और अपने पिता को मारने लगा। सभी समस्या की जड़ उन्हें बताते हुए गाली देने लगा। पवन की पत्नी और सूरज ने पप्पू को पटक लिया, सूरज पप्पू के सीने पर चढ़ कर घूसों की बरसात कर रहा था। तभी सुभद्रा दौड़ी-दौड़ी गयी घर में रखी वजनदार लोहे की छड़ लेकर दौड़ती हुई आई और सूरज की पीठ पर प्रहार कर दिया। क्रोध से अन्धी सुभद्रा की आंख खुली तो उसने देखा छड़, बाप को बचाने की लालसा से सूरज को हटा रहे अमर के सर पर पड़ा, अमर का सर रक्त से लाल हो गया। प्रहार इतना ज़ोरदार था कि अमर ने तत्काल दम तोड़ दिया।

अमर की रक्त रंजित लाश देखकर तमाशा देखने के लिए एकत्रित हुए लोग ग़मगीन हो गए। सुभद्रा बेहोश हो गई। सूरज और उसकी मां स्तब्ध खड़े

रहे। पप्पू सीना पीट-पीट कर रोने लगा। शंकर केवट सर पीटने लगे। पूरा माहौल आंसुओं के सैलाब में डूब गया। सत्यपाल अपराध बोध की गहरी खाई में डूब गये।

द्वार पर भीड़ इकट्ठा हो चुकी थी। जोर-शोर से रोना गाना सुनाई पड़ रहा था। पंचनामा और पोस्टमार्टम के बाद झिल्ली में लपेट कर अमर की लाश आई थी। छिद्रदार बनियान को पोस्टर्माटम के दौरान अमर के बदन से निकालकर अलग कर दिया गया था। उसके बदन का ऊपरी हिस्सा नग्न था और निचले हिस्से पर पप्पू के विशेष आग्रह पर अमर का बोलबम वाला कच्छा पहना दिया गया था। यह बोल-बम वाला कच्छा अमर का प्रिय वस्त्र था।

द्वार पर रखी लाश को अंतिम दर्शन के लिए खोला गया। सीने पर चीरे के निशान और मोटे धागे से लगे टांके को देखकर लोगों की रुह कांप उठी। नन्हा सा मासूम अमर इस अशांत दुनिया को छोड़कर शांति से सो रहा था, वो भी ऐसी नींद जो कभी नहीं खुलने वाली थी। लोग इस परिवार को कोस रहे थे। हर आदमी जब सोच के सागर में डूबता तो कांप उठता, क्योंकि हर शख़्स को न चाहते हुए भी पप्पू या पवन में अपना ही रुप दिखायी देता।

लोगों के कहने पर अमर की लाश घर से शमशान घाट की तरफ़ ले जाने के लिए निकाली गयी। अमर के साथ वाले बच्चे तो रो-रो कर पागल हुए जा रहे थे। एक पांच वर्ष की बच्ची ने लेटे हुए अमर का पांव हिलाते हुए कहा ''तलो खेला दाए अमल'' यह दृश्य देखकर सब रोने से खुद को रोक न सके। सुभद्रा रोते रोते बेहोश हो गयी। पप्पू ने पुत्र को गोद में उठाया और सजल आंखों तथा कांपते हुए क़दमों के साथ चल पड़े।

महिला पुलिस ने सुभद्रा के हाथों में हथकड़ी डाल दी तथा अन्य लोगों को थाने में आने को कहा। सुभद्रा को पुलिस अपने जीप में बिठा कर ले गयी। कूड़े से भरा द्वार अब करुण चित्कार से भरा हुआ था। कोई आहट होती तो लगता अमर आ रहा है !

14

हेडलाइट

तेज़ रफ़्तार से कार शहर की तरफ़ बढ़ रही थी। ड्राइविंग सीट पर विभा थी और बगल की सीट पर मोहन। दोनों प्रेम से बातें करते हुये जा रहे थे। विभा और मोहन एक दूसरे को प्यार करते थे। आज मोहन के कहने पर विभा और मोहन अपनी कार लेकर अपने घर से लगभग दो सौ किलोमीटर दूर स्थित शहर जा रहे थे। उन दोनों के बीच तय हुआ था कि इस हसीन सफ़र में सिर्फ वे दोनों ही हों। मस्ती से जायेंगे, रेस्तरां में खायेंगे और PVR में कोई मूवी देखेंगे। घरवालों को मित्र के घर शादी बताकर निकली थी, विभा। मौसम सुहाना था। आज सुबह से ही बरसाती मौसम था। शाम हो चली थी। कार मंथर गति से शहर की तरफ बढ़ रही थी। ठीक वैसे, जैसे उन दोनों का हृदय स्पंदन। अभी आधे घंटे पहले पिछले ढाबे पर पी गयी बियर का सुरूर भी छा रहा था। दोनों मस्त थे, पर ज्यादा नशे में नहीं थे। विभा सड़क पर सीधा देख रही थी, जहाँ तक उसके कार की हेडलाइट उसे रास्ता दिखाना चाहती थी। गाड़ी की रफ़्तार कोई ख़ास तेज़ नहीं थी। इसलिए कोई डर भी नहीं था।

मोहन, विभा के कपोलों को छूकर बोला "तुम मुझे कितना प्यार करती

हो!''

सामने जा रही ट्रक से साइड लेकर विभा ने कहा ''ओह मोहन! this is sterio type question yaar फिर भी मैं कह रही हूँ ..जान से ज़्यादा, and i request you do not be silly yaar'' विभा के इस उत्तर से दोनों हंस पड़े।

गाड़ी सड़क पर आगे बढ़ रही थी। हल्की-हल्की बारिश शुरू हो गयी थी, विभा ने कहा ''वाओ यार क्या मौसम है!'' दोनों ने मौसम का खूब लुत्फ़ उठाया। कभी चिल्लाये, कभी कार तेज़ भगायी, कभी चुम्बन किया, वो भी चलती कार में, तो कभी एक दूसरे को प्यार से देखा, सामने रेडियम बोर्ड पर देखकर मोहन ने कहा ''हम बस एक डेढ़ घंटे में पहुचने वाले हैं।''

''लो तुम चलाओगे कार।''

''नहीं वापसी में''

"ok"

चलते चलते अचानक विभा ने कार रोक दी। मोहन ने चौंककर इशारों-इशारों में कारण पूछा, विभा ने कहा ''पता नहीं तुम्हें जी भर कर देखने का मन कर रहा है, तुम कितने अच्छे हो और जहाँ तक मेरा ख्याल है, वफादार भी हो!''

''मैं कोई कुत्ता हूँ क्या!'' दोनों खिलखिलाकर हंस पड़े। कार के अंदर की हल्की पीली रोशनी में विभा का खिलखिलाता चेहरा और चमकते हुए दांत देखकर मोहन का हृदय प्रेम से गदगद हो गया। दोनों एक दूसरें को देखने लगे, देखते देखते न जाने कहां खो गये। एक ऐसी झील किनारे जहां सिर्फ ये दोनों हो। चारों तरफ़ हरियाली, पहाड़ और बर्फ़ है, दोनों झील किनारे खेल रहे हैं। कभी विभा मोहन को बर्फ मारती तो मोहन उसे दौड़ा लेता, एक बार मोहन ने हरा-हरा एक पहाड़ी कीड़ा विभा के उरोज़ो पर रख दिया, विभा खूब चिल्लाई और मारने के लिए दौड़ा लिया... किसी ने कार के शीशे पर खटखटाया। दोनों की तन्द्रा टूटी। शीशा डाउन करके देखा, ट्रैफिक हवलदार था।

''क्या हो रहा है यहाँ?''

"कुछ नहीं सर, बस..."

"चलो आगे बढ़ो, निकलो यहाँ से..."

"जी" विभा ने कार स्टार्ट कर आगे बढ़ा दी। "साले ने दिमाग ख़राब कर दिया" कार चलाते हुए विभा बोली

"लग रहा है ज़ोरदार बारिश आने वाली है, भीगेंगे।

"नहीं भीगेंगे नहीं।"

"मैं कह रही हूँ भीगेंगे..."

"अच्छा बाबा चलो ठीक है पहले बारिश तो आने दो.."

"तब तक तुम कोई गाना सुनाओ..."

"मैं नहीं सुना पाऊंगा..."

"सुनाओ न" (मुंह बनाते हुए)

"नहीं यार..."

"अच्छा चलो पहले मैं सुनाती हूँ फिर तुम..."

"ठीक है"। कार चलाते हुए विभा गुनगुनाने लगी *"जब कोई बात बिगड़ जाये, जब कोई मुश्किल पड़ जाये, तुम देना साथ मेरा..."* गाना सुनते हुए मोहन ने प्रेम से विभा के एक हाथ को थामते हुए भरोसे का एहसास दिलाया।

"अब तुम्हारी बारी..."

"यार मैं गा नहीं पाता हूँ..."

"चीटिंग नहीं.."

"अच्छा सुनो...!"

मोहन ने अपनी बेसुरी आवाज़ में गाना गाना शुरू किया *"तुमसे बना मेरा जीवन, सुन्दर सफल सलोना, कभी मुझसे जुदा न होना...।"* गाना चल ही रहा था, विभा की आँख भर आयी। विभा ने मोहन की नज़रों में देखना चाहा तभी

सामने से आ रही तेज़ रफ़्तार ट्रक में कार टकरा गयी। कार के अगले हिस्से के परखच्चे उड़ गये। थोड़ी देर तक कुछ दिखाई नहीं दिया। फ़िर अचानक कुछ दोनों को कुछ होश आया।

ट्रक की ज़्यादा क्षति नहीं हुयी, सूनसान सड़क देखते ही मौके का फ़ायदा देखकर ट्रक वाला भाग गया। मोहन ने विभा को पुकारा, विभा थोड़े-थोड़े होश में थी। दर्द से कराह रही थी। ड्राइविंग सीट रक्त से लाल हो गयी थी। कार की एक तरफ़ की हेडलाइट बार-बार जल बुझ रही थी। ए.सी. फुल ऑन था। म्यूजिक सिस्टम भी चल रहा था। विभा ने कहा "मोहन! मेरी कमर टूट गयी है, सीने पर स्टेयरिंग धंस गयी है। मुझे डॉक्टर के पास ले चलो मोहन, मैं मर जाऊंगी; जान मैं मर जाऊँगी ...!"

"तुम घबराओ मत सब सही हो जायेगा, मेरे भी पैर में चोट लगी है.."

"मोहन...मोहन..."

"हाँ विभा बस रुको.."

मोहन विभा के पास गया। उसे निकालना चाहता था। विभा बुरी तरह फँसी थी, उसका एक पाँव अंदर ही कट गया था क्योंकि ट्रक की टक्कर उसकी तरफ़ ही हुई थी। मोहन ने उसे खींचा लेकिन निकाल न सका। मोहन घबरा गया। वह पीछे की सीट पर जाने लगा।

"क्या कर रहे हो मोहन... मुझे सीने से लगा लो, मैं मर जाऊंगी..."

मोहन कुछ नहीं बोला। पिछले दरवाज़े से बाहर निकलकर भागने लगा।

विभा चिल्लाने लगी "मोहन... मोहन..." उसकी आवाज़ ज्यादा दूर तक न जा सकी।

विभा ने कहा "तुम कुत्ते भी नहीं हो मोहन .." कहते हुए विभा ने फिर खुद को निकलने की कोशिश की लेकिन दर्द से कराह उठी।

सुबह सुबह लान में सिंह साहब बैठे हुए थे। विभा की माँ चिल्ला रही थी।

कितना फ़ोन लगा रही हूँ, फ़ोन नहीं उठ रहा है, पता करो कहाँ है वह!

"अरे आ जाएगी दोस्त के यहाँ गयी है।"

अख़बार वाले ने अख़बार फेंका। ठाकुर साहब अख़बार उठाकर अपनी कुर्सी पर बैठ गये। आदत के अनुसार खबर को देखते हुए पन्ना पलटने लगे। एक ख़बर पर अचानक नज़र गड़ गयी। ख़बर थी- "कल रात मूसलाधार बारिश के बीच फैज़ाबाद-इलाहाबाद मार्ग पर एक कार दुर्घटना हुई जिसमें एक लड़की की बुरी हालत में मौत हो गयी। लड़की अकेली थी इसलिए ज़्यादा कुछ पता नहीं चल सका। चार पहिया वाहन को RTO कार्यालय भेज दिया गया है। और लाश को पुलिस ने अपनी कस्टडी में कर लिया है।"

कार का नम्बर पढ़ते हुए ठाकुर साहब के नयन सूख गए।

लोग कहते हैं वहां आज भी लोगों को रात में हेडलाइट जलती-बुझती हुयी दिखती है।

पतिदेव

सुरभि के विवाह को दो साल हुए थे। शुरूआत के कुछ दो-तीन महीनों को छोड़ दिया जाए तो शेष दिनों से सुरभि अपने ससुराल से खुश नहीं थी। स्वभाव से शांत रहने वाली सुरभि अपने जीवन के उथल-पुथल को गंभीरता से चुप्पी साधे बर्दाश्त कर रही थी। कभी मायके के दिनों की याद आती तो तकिये से सिर छुपा कर सिसक-सिसक कर रो लेती। उसे सदैव इस बात का ख्याल रहता कि यदि सिसकियां बाहर गयीं तो कयामत आ जायेगी। सुरभि ज़िन्दगी जी नहीं रही थी बल्कि ढो रही थी। एक दिन अनूप ने तो हद ही कर डाली। वह शराब के नशे में आया। पिछले अठारह दिनों से चले आ रहे अपने प्रश्न को फिर से दोहराया। सुरभि ने हमेशा की तरह चुप्पी साध कर ही प्रतिवाद किया लेकिन उस दिन अनूप का इरादा ज़्यादा ख़तरनाक था। उसने अपने मुँह की जलती सिगरेट से सुरभि के बदन पर कई निशान बनाए। सुरभि को उत्तर देने के लिए मजबूर करना चाहा।

“मैंने कितनी बार तुमसे पूछा है कि बताओ विवाह से पहले तुम्हारा किसी से संबंध था, और था तो किस से था और उसके साथ क्या-क्या हुआ?”

“मैंने उतनी ही बार तुम्हें बताया है कि मेरा कोई प्रेम सम्बन्ध नहीं था।” सुरभि ने चीखते हुए जवाब दिया।

“ऐसा हो ही नहीं सकता कि कोई लड़की 25 साल की हो जाऐ और उसे किसी से प्यार ना हो, उसने संभोग न किया हो”

“ऐसा ही था।”

“नहीं था। तुम्हें बताना ही पड़ेगा वरना तेरी जिंदगी बर्बाद कर दूंगा”।

इस वाक्य को अनूप ने जोरदार वार समझकर बोला था। पर इसका असर सुरभि पर बिल्कुल भी नहीं पड़ा। वह जानती थी कि अनूप उसे इससे ज्यादा क्या बर्बाद करेगा। प्यार से तो वह कभी बोलता नहीं था। सुरभि को अब इसकी चाह भी नहीं थी। उसे हमेशा अनूप से माफी ही माँगनी पड़ती थी, चाहे गलती किसी की भी हो। उसे एक ही जगह थोड़ी इज्ज़त मिलती थी, सिर्फ़ सम्भोग के वक़्त। अनूप जब भी उससे सम्भोग करना चाहता था, तब वह गिड़गिड़ाता था, माफी माँगता था और सुरभि को देवी और खुद को तुच्छ कहता था। सुरभि तैयार हो जाती थी। अनूप का काम खत्म होता था। दूसरे दिन ही वह फिर उसके साथ पशुवत व्यवहार करने लगता था। परन्तु यह गिड़गिड़ाना शुरूआत के कुछ दिनों तक ही चला। फिर धीरे-धीरे उस गिड़गिड़ाने से तंग आकर सुरभि इशारा समझते ही बिना तैयार हुए ही तैयार हो जाती थी। अनूप अपनी प्यास बुझाकर दूसरी तरफ सो जाता। इस बात का ख्याल किए बगैर कि सुरभि की भी तृप्ति ज़रूरी है। सुरभि सहवास के समय खुद को वेश्या के रुप देखने की आदत डाल चुकी थी। जैसे एक वेश्या को ग्राहक से संभोग के बदले तृप्ति नहीं, पैसे मिलते हैं, वैसे ही सुरभि को बदले में पति का नाम मिला था, दो वक़्त की रोटी और तन ढकने के लिए कपड़े मिलते थे। लेकिन बेखौफ़ होकर उस दिन सुरभि ने कहा “तुम ग़लत हो; तुम्हें एक गम्भीर मनोरोग है, ये रोग तुम्हें बर्बाद कर देगा।” इस वाक्य को जुबान पर लाने के लिए सुरभि को बहुत मार पड़ी। वो तो भला हो फोन करने वाले का जिसने फोन किया और अनूप बात करने लग गया वरना...

यह वही अनूप है, जिसे सुरभि के पिता जी ने बड़ी कठिन परिश्रम से उसे सुरभि के लिए ढूँढ़ा था। सुरभि के विवाह ढूँढ़ने के वक़्त उसके बाप और भाई ने

तो न जाने कितने रिश्ते सिर्फ़ इस लिए ठुकरा दिए थे कि उनकी शालीन, सभ्य सुरभि उस परिवार में एडजस्ट नहीं कर पायेगी। इतने कष्ट के बाद इस रिश्ते के बारे में लखनऊ वाले अंकल ने बताया था, यानी अनूप के बारे में। यही अनूप जो इतना गंभीर है, कि पत्नी को बन्द कमरे में नोचता है और चीखने भी नहीं देता, ताकि उसकी अच्छी छवि बनी रहे।

उस दिन तो सुरभि सबसे ज्यादा डर गयी थी, जिस दिन अनूप के मित्र की पार्टी में वह पति के साथ गयी थी। अनूप के मित्र ने उसे नाचने के लिए डाँस फ्लोर पर बुलाया था। लेकिन उसने मना कर दिया था। ऐसा करने पर अनूप ने उसे घूर कर देखा था और वह बहुत डर गयी थी। अनूप अपने दोस्तों से मिलने जुलने में व्यस्त हो गया। तभी एक महिला ने सुरभि से उसके उदासी का कारण पूछा तो उसने बहाना बनाते हुए बात को टाल दिया। अन्य कई मुद्दों पर उसकी उससे बात हुई थी। वह महिला बड़ी दिलचस्प थी। उसकी ज़िन्दादिली ने सुरभि को कुछ पल के लिए खुश होने का अवसर दिया था। लेकिन सुरभि को हर पल अनूप का खयाल बना रहा, वह बार-बार उसे देखकर तसल्ली करती रही।

उस रात जब वे पार्टी से वापस हुए थे तो हमेशा की तरह अनूप ने फिर उसे पीटा था। कारण सिर्फ़ इतना था कि सुरभि ने नाचने से मना करके, उसकी बेइज़्ज़ती की थी। दूसरा सबसे भयानक कारण ये था कि वह उस महिला से बात करते हुए, दाँत दिखाकर हंस क्यूँ रही थी। उस महिला का चरित्र ठीक नहीं है। ऐसा अनूप ने कहा था। सुरभि ने उस रात मार तो बर्दाश्त कर ली थी, पर उसे चरित्र शब्द ने बहुत गहरा आघात पहुँचाया था। उसी दिन से सुरभि और भी ज्यादा गम्भीर रहने लगी और उसका खाली वक़्त किताबों में बीतने लगा।

सुरभि को उस ज़िन्दादिल महिला या उस चरित्रहीन से मिले साल भर हो चुके थे। उसकी मुलाकात दोबारा कभी नहीं हुई परन्तु उस महिला की विशेष आभा ने सुरभि को बहुत प्रभावित किया था। सुरभि की जिंदादिली से जीने की हसरत जाग उठी थी। गंभीर सुरभि ने यह जान लिया था कि "चरित्र क्या है? अपना ही बनाया हुआ शब्द। मात्र शब्द। जो किसी नाम के आगे जोड़ते ही उस नाम को घिनौना कर देता है। उस औरत को शायद किसी ने प्यार नहीं दिया

होगा। जिसके लिए उसे दर-दर भटकना पड़ा होगा। उसकी क्या मजबूरियां रहीं हो किसी को क्या पता! चरित्रहीनता ये नहीं कि किसी एक के पास आप हमेशा रहते हैं, उससे अपना स्वार्थ सिद्ध करते हैं, ये जाने बगैर कि उसकी इच्छा क्या है। इंसानी फितरत होती है जब वह अध्ययन करता है तो उस अध्ययन में अपनी जिंदगी को, अपने पात्र को तलाशता है। यही हुआ सुरभि के साथ। वह बार-बार सोच रही थी कि मैं क्यूँ अनूप को झेल रही हूँ!

सुरभि कमरे में बैठी पुस्तक पढ़ रही थी। दरवाज़ा खुला था। अनूप अन्दर आया। उसने अध्ययनरत सुरभि की चोटियां पकड़कर मुंह बनाते हुए उसके गाल पर एक चांटा जड़ दिया। सुरभि सहम गई। अनूप ने गालियां बकनी शुरू की। सुरभि ने विरोध किया तो उसने अपना जूता निकालकर उसके सिर पर दो वार किया और पुस्तक छीन कर दूर फेंक दी। पुस्तक थी, ''आत्मबल' सुरभि ने फिर कुछ बोला तो उसने चोटी को इस तरह हाथ में लपेटा कि उसकी चोटी छोटी हो गयी और खींचने पर सुरभि का मुंह ऊपर हो गया। उसने दांत पीसते हुए, सुरभि के लाल-लाल कोमल गालों पर पुनः अपने पंजे का हस्ताक्षर कर दिया। उसकी आँखें छलछला गयीं। अनूप उसके भाई का नाम लेकर गालियां देने लगा।

सहसा सुरभि को कहीं पढ़ा हुआ सबक याद आया ''आप अपने व्यक्तित्व और प्रतिक्रिया से ही तय करते हैं कि आपके साथ कोई कैसा व्यवहार करे।'' उसने इस बार ज़ोरदार तरीके से विरोध किया। अनूप के हमलावर हो जाने पर उसने उसे ज़ोरदार तमाचा जड़ा। यह व्यवहार देखकर अनूप हैरान हो गया और क्रोध से बिलबिला उठा। दांत किचकिचाकर आगे दौड़ा तो सुरभि ने भी अनूप का बाल पकड़कर उसे झकझोर दिया। इनकी लड़ाई चल ही रही थी कि पड़ोसी का आगमन हुआ। लेकिन उन दोनों ने लड़ाई ज़ारी रखी। काफी प्रयासों के बाद पड़ोसी महोदय दोनों को अलग कर सके। अनूप गाली देते हुए बाहर हो गया। उसने पड़ोसी से अपनी पत्नी से सम्बन्ध होने के भी आरोप लगाए। उसके चले जाने के बाद सुरभि ने पड़ोसी से माफी मांगी। पड़ोसी महोदय ''कोई बात नहीं'' कहते हुए चले गये।

अनूप बाहर तो चला आया लेकिन उसका दिमाग़ क्रोध से भरा हुआ था।

उसकी सांसें लम्बी चल रहीं थी। उसके मस्तिष्क में हल्का हल्का दर्द उठ रहा था। वह बार बार कुछ सोचता और दांत पीस रहा था। एक पार्क में बेंच पर बैठा अनूप बार-बार वही दृश्य देख रहा था। एक कुत्ता आकर अनूप को सूंघने लगा। अनूप ने कुत्ते की पिछली टांग को पकड़कर उसे दो बार बेंच पर पटका, कुत्ते के मुंह से रक्त प्रवाहित हो गया। कुत्ते ने ज़ोर से चिल्लाकर दम तोड़ दिया। वहां मौजूद लोगों ने कहा-"अजीब पागल है"। लोग इकट्ठा होने लगे तो अनूप भाग निकला।

अनूप क्रोध से भरा हुआ घर पर पहुँचा। कमरे में सुरभि नहीं मिली तो भागा-भागा रसोई में गया। रसोई में भी सुरभि नहीं मिली। वह फिर भागता हुआ सुरभि के अध्ययन कक्ष में गया, वहां भी सुरभि नहीं मिली। इधर-उधर देखने पर एक कागज़ दिखा। उसने उठाया। कागज़ में लिखा था कि सुरभि अब अनूप के साथ नहीं रह सकती। वह जल्द ही तलाक़ की अपील करेगी। पढ़ते ही अनूप फिर तमतमा उठा। वह भागता हुआ बाहर आया। पड़ोसी महोदय बाइक स्टार्ट कर रहे थे, पीछे से उसने ज़ोरदार लोहे की रॉड से प्रहार किया। पड़ोसी महोदय जमीन पर गिर पड़े। उसने गाली देते हुए दूसरा वार करना चाहा तो मोहल्ले वालों ने रोक लिया। पकड़कर उसे मनोचिकित्सक के यहां ले गये। जांच पड़ताल से पता लगा कि यह आदमी किसी सदमे के कारण गम्भीर रूप से मानसिक बीमार है और अब बीमारी ख़तरनाक स्थित में पहुंच चुकी है। अनूप को अब मनोचिकित्सक के देखरेख में वहीं भर्ती होने की सलाह दी गयी। सुरभि भी यह सब सुनकर दौड़ी-दौड़ी आयी। सुरभि को देखते ही, अनूप ज़ोर-ज़ोर से रोने लगा। पैर पर गिरकर यहां से वापिस ले जाने की मिन्नतें करने लगा। सुरभि द्रवित हो उठी। उसने डॉक्टर से बात की "जो भी खर्चा लगे मैं दूंगी, जितना भी दिन लगे, आप इनका इलाज कीजिये, जहां उचित हो वहां रखिये, मैं अपने पति को स्वस्थ देखना चाहती हूँ।"

यह सुनते ही अनूप भड़क उठा और सुरभि को गालियां देने लगा, चिल्लाने लगा। चार लोग उसे पकड़कर ले गये, सुरभि की आंखों से आंसुओं का सिलसिला लगातार ज़ारी रहा।

16

नामर्द

मोबाइल स्क्रीन पर जैसे ही सन्देश आया, गुन्नू जल्दी से पढ़ने लगा। पढ़ते ही चेहरे पर मुस्कान तैर गयी। वह अपनी तरफ से सन्देश का उत्तर लिखने लगा। इधर से सन्देश जाता, उधर से सन्देश आता। यही सिलसिला लगभग आधा घंटा तक चला। गुन्नू कभी इधर करवट लेता, कभी उधर करवट लेता। आखिर में गुन्नू ने उधर से फोन करके अपनी आवाज़ सुनाने को कहा। फोन कॉल आयी। उधर से किसी लड़की की अस्पष्ट आवाज़ आयी। गुन्नू ने आवाज़ सुनकर सुकून भरी सांस ली।

फोन के उस ओर आवाज़ रन्नो की थी। रन्नो और गुन्नू एक दूसरे को बहुत प्रेम करते थे। बचपन से ही दोनों का साथ था। बस पिछले साल से रन्नो बी.टी.सी. करने इलाहाबाद चली गयी थी। गुन्नू यहीं जिले के एक परास्नातक महाविद्यालय से Msc कर रहा था। बात तो इलाहाबाद से फोन पर होती रहती थी, पर रन्नो के घर आने का इन्तज़ार गुन्नू दस दिन से कर रहा था। आज वह घड़ी आ ही गयी। रन्नो अपने बड़े भैया के साथ आज इलाहाबाद से वापिस आ रही है। बस में एक साथ सीट न मिल पाने की वजह से रन्नो एक महिला के साथ

बैठी है और भैया कन्डक्टर के साथ।

इन्तज़ार करते-करते रात कटी। गुन्नू ने सुबह उठते ही अपने पिता से पूछा सिंचाई वाली पाइप कहाँ है? तो पिता ने वही जवाब दिया जो वह सुनना चाहता था। "पाइप तिवारी जी के यहाँ है।"

"अच्छा तो जा रहा हूँ, मांगने; धान वाला खेत भरना पड़ेगा, आज कॉलेज नहीं जाना है..."

"जाओ मांग लाओ..." गुन्नू तिवारी के यहाँ पहुँच गया। रन्नो के माता जी को प्रणाम करके, उसी भैया के बारे में पूछा जिन्हें वह जानता था कि वे रन्नो को लाने गए हैं। रन्नो की माँ ने वही बताया जो वह जानता था। बस उसे पता नहीं था कि बस अड्डे से घर तक रन्नो को लेकर भैया कितनी देर में आ जायेंगे। अभी आ जाते तो वह अपने जिगर के टुकड़े का दीदार कर लेता। वह मैसेज करके पूछ भी नहीं सकता था, भैया के सामने रन्नो बस ख़ास ज़रुरत पड़ने पर ही फोन पर्स से निकालती थी। वो भी वही ज़रुरत जिसे भईया उचित समझते थे। गुन्नू के पाइप मांगने पर, रन्नो की माँ ने पाइप लाकर थमा दिया। अब गुन्नू के पास यहाँ और देर तक रुकने का कोई कारण नहीं बचा था। बड़ी कश-म-कश के बाद, गुन्नू पाइप का गट्ठर उठाकर जाने के लिए मुड़ा फिर सहसा रुककर कहने लगा कि "यदि आपके इन हाईस्कूल-इन्टर तक के बच्चों को ट्यूशन पढ़ना हो तो मुझसे पढ़ सकते है। "नहीं भैया हमारे बच्चे कॉलेज के पास ही कोचिंग पढ़ते हैं, और फिर इस गाँव में कौन है ही इतना पढ़ा लिखा जो उन्हें पढ़ा सके?"

गुन्नू ने मन ही मन कहा कि बुढ़िया, यदि रन्नो की माँ न होती तब बताता कि कौन कितना पढ़ा-लिखा है। वह सोचते ही घर की ओर चल पड़ा। जैसे दीवार की ओट हुई, रन्नो का द्वार दिखना बंद हो गया। तभी एक मोटरसाइकिल के घरघराने की आवाज़ सुनाई पड़ी। वह समझ गया कि यह पक्का रन्नो के भैया की ही मोटरसाइकिल है जिससे साथ रन्नो आयी है। पर वह जाए तो वापिस जाये कैसे? इसी उधेड़बुन में कुछ पल वहीं रुका रहा। मन को कोई हल सूझते न देखकर उसने फैसला किया कि वह वापिस जाएगा। पूछने पर जो सोच लेगा वही बहाना बना देगा।

रन्नो ने मोटरसाइकिल से उतरकर मम्मी से नमस्ते किया। बड़े से यात्री बैग को एक बच्चे से अन्दर ले जाने को कहा। चेहरे पर मुस्कान अठखेलियाँ कर रही थी, परन्तु कहीं न कहीं नजर गुन्नू को तलाश रही थी। मन ही मन कह रही थी *"ये कमबख्तमारा रास्ते में तो रास्ते में, यहाँ भी नहीं आ सका मुझे देखने; मिलने तो दो ऐसी डांट लगाऊंगी कि सारी बत्तीसी अन्दर हो जायेगी साले की। ब्लडी गाँव वाला गंवार।"*

माँ के प्यार से रन्नो को अपने आलिंगन पाश में भरने पर उसके सपने को ब्रेक लगा। माँ से गले मिलते हुए उसे परम आनंद की अनुभूति हुई किन्तु मन में आया कि मैं खुद को बड़ी शहरी समझने लगी। रन्नो माँ से अलग होकर घर के अन्दर प्रवेश करने वाली ही थी कि उसने देखा की गुन्नू भैया को प्रणाम कर रहा है। आने का प्रायोजन पूछने पर उसने भैया को न जाने कहाँ-कहाँ की बातें बताई वह समझ न सके और बाद में मिलने का आश्वासन दे दिया। भैया से हट कर गुन्नू सीधा रन्नो के तरफ गया। रन्नो ने भी प्रवेश कर रहे अपने कदमों को इस कदर खींचा जैसे मंजिल उसकी कहीं और है, और वह जा कहीं और रही थी। रन्नो ने गुन्नू को शर्माते हुए नमस्ते किया तो एकदम चुटीले अंदाज में मुस्कराते हुए गुन्नू ने अभिवादन स्वीकार किया और बात को आगे बढ़ाने की लालसा लिए वो रन्नो से उसके बी0टी0सी0 सत्र का अनुभव पूछने लगा। इसके पहले कि रन्नो कुछ बोलती, माँ उसका हाथ पकड़कर उसे घर के अन्दर ले गयीं। बलखाती हुयी चाल लिए अपनी मधुबाला को देखता हुआ प्रेमी गुन्नू प्रसन्नता और प्रेम से भर गया। पूरी ऊर्जा के साथ जब वह अपने द्वार पर पहुंचा तो देखा कि उसके पिता जी लकड़ी काट रहे थे। पिता जी से कुल्हाड़ी लेकर उसने सारी लकड़ियां चंद पलों में काट डाली। गुन्नू के इस ऊर्जावान उत्साह को देखकर उसके पिता हैरान थे।

रन्नो को इलाहाबाद से आये आठ दिन हो गए, परन्तु इन दोनों कि मुलाकात ठीक से अभी तक नहीं हो पायी। दरअसल रन्नो संपन्न परिवार से थी। सामाजिक ताने-बाने को लेकर रन्नो या उसके घर की किसी भी जवान लड़की को गाँव में घूमने की आज़ादी नहीं थी। कहीं किसी के यहाँ जाना भी होता तो माँ, भैया या चाची में से कोई एक, साथ में ज़रुर जाता। रन्नो के यहाँ घर में

शौचालय बना था इसलिए शौच के बहाने खेतों में भी जाने का कोई अवसर नहीं मिल सकता था। फोन पर बातें होती हैं, पर उसके लिए भी दोनों को बड़ी मशक्कत करनी पड़ती थी। कई बार तो ऐसा हो चुका है कि गुन्नू सेल फोन से रन्नो को सन्देश भेजता और खुद लोटा उठाकर शौच के लिए निकल पड़ता। सन्देश प्राप्त होने के ठीक सात मिनट बाद वह भी अपने घर के शौचालय में जाती, वहीं फोन आता तब बात हो पाती। गुन्नू एक वाक्य हमेशा बोला करता था कि वह प्रेम वास्तविक प्रेम है ही नहीं जिसमें रिस्क़ न लिया गया हो। इस वाक्य से उसे साहस मिलता था। बात करते-करते जब दस पन्द्रह दिन बीते तो एक दिन फोन पर रन्नो ने पूछा कि यहां बर्गर नहीं मिलता क्या? फिर क्या था। गुन्नू ने अपने एक दोस्त से छह हजार रुपये उधार लेकर गांव के एक लड़के को, अपने चौराहे पर बर्गर की दूकान खुलवा दी। वहां से प्रतिदिन शाम को दो बर्गर पैक करवाकर लाता, शौच को जाते वक्त बर्गर को, रन्नो के घर के समीप ही खेत की मेड़ पर लगे कुश की जड़ के पास रख देता, रखने के पांच मिनट बाद रन्नो के घर की एक छोटी बच्ची आती और बर्गर उठा कर ले जाती। इतना सब करने के लिए उस बच्ची को आधी बर्गर रिश्वत में मिलती थी। यूं तो रन्नो अपने भैया से भी मंगवाकर बर्गर खा सकती है, परन्तु आशिक के हाथ का बर्गर रिस्क उठाकर खाने में जो मज़ा है, वह अन्यत्र कहां? बर्गर का सिलसिला पन्द्रह बीस दिन तक चला। आगे भी चलता, लेकिन अभी कल ही जब गुन्नू, बर्गर रख कर शौच के लिए चला गया, तभी छोटी लड़की के पहुँचने से पहले ही एक कुत्ता आया, न जाने कहां से उसे भनक लगी, और वह बर्गर की पन्नी लेकर रफूचक्कर हो गया। तभी रन्नो ने आज से बर्गर लाने को मना कर दिया।

फ़ोन पर बात होते और बर्गर खाते-खिलाते रन्नो को इलाहाबाद से आये एक साल बीत गया। रन्नो का विवाह देखा जाने लगा। काफ़ी खोज-बीन के बाद एक लड़का मिला। दहेज तो ज्यादा देना पड़ेगा क्योंकि वह आईआईटीयन है, परन्तु सुख सुविधा की कभी कोई कमी नहीं रहेगी। इस घर में बात पक्की हो गयी तो महारानी की जिन्दगी जियेगी रन्नो। उधर गुन्नू के घर में जब यह बात पता चली कि वह रन्नो से प्रेम करता है, तो अपनी हैसियत को देखते हुए और उनके परिवार की पहुंच को जानते हुए, गुन्नू का परिवार अपने लाडले के साथ किसी

अनहोनी की संभावना से डर गया। गुन्नू की लाख कोशिशों के बाद भी घरवाले रन्नो से विवाह को तैयार नहीं हुए, ज्यादा ज़ोर-ज़बरदस्ती करने पर मां ने आत्महत्या करने की धमकी देकर, गुन्नू को मज़बूर कर दिया। विवाह पक्का होने की ख़बर पक्की होते ही कई सवाल-जवाब की व्याकुलता लिए दोनों ने शाम को गुन्नू के गन्ने के खेत में मिलना तय किया।

शाम हुई। रन्नो किसी तरह छुपते-छुपाते खेत के पास पहुंची। गुन्नू को फ़ोन किया तो उसने सीधे खेत के अन्दर आने को कहा। रन्नो कांप उठी, फिर भी अन्दर जाना तय किया। अन्दर पहुंची तो गुन्नू पहले से मौजूद था। डरी हुई रन्नो, अपने गुन्नू से लिपट गयी। डर से पूरा शरीर कांप रहा था। गुन्नू ने रन्नो को अपने आलिंगन पाश में भर लिया। उसने रन्नो के होठों को अपने होठों के बीच रख लिया। दोनों ने एक दूसरे को खूब चुम्बन किया। दोनों बेकाबू हो गये। गुन्नू ने सलवार के नाड़े को खींच दिया। तभी रन्नो झट से अपनी सलवार को पकड़कर, न में सिर हिलाने लगी। गुन्नू ने भी कोई ज़ोर ज़बरदस्ती नहीं की। रन्नो ने नाड़े को पुनः कसते हुए कहा - "हमारा उद्देश्य सिर्फ प्रेम था गुन्नू; सिर्फ प्रेम। शरीर कभी था ही नहीं, हमारी आत्मायें मिल चुकी हैं, उसे कोई अलग नहीं कर सकता गुन्नू। बस हमें नियति को स्वीकार करना होगा ...करना होगा... गुन्नू।" रन्नो बाहर निकल गयी, गुन्नू वहीं जड़ सा खड़ा रहा, बेसुध निष्क्रिय नयनों से अश्रुधारा लगातार बह रही है।

रन्नो के विवाह को दो साल हो गये। दो साल में वह मात्र एक बार केवल दो दिन के लिए अपने मायके आयी थी। सुनने में आता है कि उसके यहां राजाओं जैसी सुख सुविधाएँ हैं, उसी में वह उलझी हुई है, उसे इतना समय ही नहीं है कि वह कहीं आ जा सके।

गुन्नू ने भी पांच महीने पहले माँ के दबाव में विवाह कर लिया। विवाह तो हो गया पर वह रन्नो को कभी भूल ही नहीं पाता, इधर उसने बांसुरी बजानी सीख ली है। बस दिन का दिन नदी किनारे बैठा बांसुरी बजाता रहता है। सुनने में तो यह भी आया है कि विवाह के बाद सुहागरात में गुन्नू ने दबाव देकर अपनी पत्नी

के पूर्व सम्बन्ध के बारे में पूछा तो पत्नी ने हां कर दी। बस क्या था, गुन्नू ने पत्नी को घर में रहकर अपने प्रेमी से सम्बन्ध रखने की इज़ाजत दे दी, और किसी भी प्रकार के ऐतराज से मना कर दिया।

रन्नो के विवाह के बाद से उसने रन्नो को कभी नहीं देखा। आज बहुत याद सता रही है। एक झलक पाने की चाह लिए उसने रन्नो के शहर जाने का फ़ैसला किया।

पूरे बाजार में भटकने के बाद भी रन्नो की झलक न पाकर गुन्नू ने रन्नो के घर जाना तय किया। दिये गये पते पर पहुंच कर गुन्नू ने देखा कि एक आलीशान बंगला है। बंगले के अंदर घुसते ही दरबान ने पूछा - ''कहां जा रहे हो?''

''अन्दर ...''

''किससे मिलना है?''

''रन्नो से ...''

''कौन हो उनके?''

''उनके गांव का हूँ ...''

''यार हो!''

''नहीं...''

''जाओ भैया जाओ, साहब हैं नहीं जुगाड़ लगाओ, हो सकता है तुम्हारी ही दाल गल जाये...''।

''क्या बकवास कर रहे हो?''

तुम्हें पता नहीं है क्या? साहब नामर्द हैं। आज तक मालकिन की नथ भी नहीं उतरी होगी...हम चांस मारते हैं तो हमें भाव ही नहीं देतीं... तुम कोशिश करो, हो सकता है...

''चुप रहो तुम...''

दरबान को डांटकर गुन्नू अन्दर गया। गुन्नू को देखते ही रन्नो स्तब्ध हो

गयी। अकुलाहट से इधर उधर देखा। बैठने का आग्रह किया। चेहरे में चमक दिख रही थी जिससे गुन्नू ने तस्दीक़ कर ली कि मेरा आना इसे बुरा नहीं लगा।

"कैसी हो?"

"ठीक हूँ ... मैंने सुना है, तुमने विवाह कर लिया?"

"हां ...ठीक ही सुना है।"

"कैसी है वह?"

"सुन्दर है... तुम कैसी हो?"

"मैं तो ठीक हूँ। "

"याद आ रही थी, तो सोचा मिलने आ जाऊँ..."

"अच्छा किया जो दर्शन दे दिया..."

"कोई तकलीफ़ तो नहीं यहां?"

"कोई तकलीफ़? यहां तो कोई भी नहीं है।"

दोनों कुछ देर बातें करते रहे। एक नौकरानी जूस लेकर आयी। मेज़ पर रखकर चली गयी। गुन्नू ने रन्नो का हाथ पकड़ लिया और बोला "मैंने सब सुना है।"

"तो तुम भी यही सोचते हो कि मैं यौन की भूखी हूँ।"

"मैंने ऐसा तो नहीं कहा ..."

"कोशिश तो की..."

"नहीं मेरा मतलब..."

"मैं तो प्रेम की दीवानी हूँ। मेरे श्याम! मेरे हृदय में तुम थे, तुम हो, तुम ही रहोगे। मैंने मर्द कभी चाहा ही नहीं तो उसके नामर्द होने से मुझपे क्या फ़र्क मेरे श्याम? मैंने हमेशा प्रेम चाहा है, हमेशा मेरा उद्देश्य प्रेम रहा है, जिसे हमने प्राप्त कर लिया। यौन, शरीर ये सब तो आत्माओं के मिलन के साधन मात्र हैं।

उस प्रेम रूपी उद्देश्य को पाने के साधन। जिसने उद्देश्य पा लिया उसे साधन की क्या आवश्यकता! साधन के अक्षम होने का क्या दुखः! ये भ्रम है कि हम यौन के बगैर अधूरे हैं, नितान्त भ्रम; जिसे वह प्रेम रूपी सत्ता मिल गयी, वह तो स्वयं प्रेम हो गया, वह अतृप्त कैसे रह सकता है?''

गुन्नू, रन्नो को देखता रहा। तभी रन्नो ने फिर कहा- ''और मुझे क्या पता नहीं, तुम भी तो अपनी पत्नी के साथ सोते मात्र हो, बिना कुछ पिये ही तुम तृप्त हो। मुझे सब कुछ पता है गुन्नू। तुम हर रोज तो आते हो मेरे ख्वाबों में मैंने..., वह देखो श्याम की मूर्ति लगाई है; तुम्हें पता है लोग उसमें कृष्ण देखते हैं, मैं उसमें अपना भगवान,अपना गुन्नू देखती हूँ।''

गुन्नू की आँखों से लगातार आंसू टपक रहे थे। उसने रन्नो की आँखों में आंखें डालकर देखा तो उसे वास्तव में तृत्ति, संतुष्टि और गुन्नू के सिवा कुछ भी नहीं दिखा। वह कहते हुए उठ खड़ा हुआ कि ''जिसका इश्क इबादत बन जाये, वह अतृप्त कैसे रह सकता है?'' कहते हुए वह बाहर हो गया। रन्नो उसे तब तक देखती रही जब तक वह आंखों से ओझल न हो गया।

17

चेतन का ट्राउज़र पैन्ट

चेतन बहुत खुश था। कुछ मन ही मन कहकर मुस्करा रहा था। रात के खत्म होने का इंतजार कर रहा था ताकि सुबह वह अपनी छोटी बहन "गुड़िया" को अपने स्कूल ले जा सके। गुड़िया का प्रवेश भी वहीं होना था, जहां चेतन छठी कक्षा में पढ़ता था। चेतन की बहन कल पहली बार स्कूल जायेगी। यह बात चेतन को बहुत गुदगुदा रही थी। वह रात में ही सोच-सोच कर खुश था कि वह कल गुल्लू, पप्पू, चिन्टू और अंकुर को दिखायेगा कि देख मेरी गुड़िया कितनी सुन्दर है! सोचते-सोचते उसे नींद आ गयी, वह सो गया।

सुबह हुई। चेतन ने दीवार पर लटकी हुयी घड़ी में देखा तो चार बज रहे थे। बाहर चिड़ियों का चहचहाना शुरू था। ठण्डी-ठण्डी हवा बह रही थी, शर्मा अंकल रोज की तरह ताली ठोकते हुए घूमने जा रहे थे। "मम्मी-मम्मी जागो सुबह हो गयी! ज़ल्दी उठो, हमें स्कूल जाना है।" चेतन ने तखत पर लेटी हुयी मम्मी को छूते हुए कहा। ऊंघते हुए मम्मी ने चेतन से पूछा "समय क्या हुआ बेटे?" चेतन ने झट से उत्तर दिया चार बजकर दस मिनट हो गये मम्मी! फिर दूसरी तरफ वाली तखत पर पापा के साथ लेटी गुड़िया को जगाने लगा "उठ गुड़िया

सुबह हो गयी, आज तुझे मेरे साथ स्कूल चलना है।" तपाक से गुड़िया उठकर बैठ गयी। आँख ज़बरदस्ती बन्द हो रही थी और हल्की मुस्कराहट से दांत मोती की तरह चमकते हुए दिखाई दे रहे थे। चेतन ने एक बार फिर गुड़िया को प्रेम से झकझोरा, गुड़िया की नींद टूट गयी, उठ कर आंगन की तरफ़ गयी, मम्मी नल के पास ढेर सारे बर्तन रखकर उसे मांज रही थीं।

गुड़िया मम्मी के पास बैठकर बोली "मम्मी जल्दी तैयार करो मुझे आज भैया के साथ स्कूल जाना है!" मम्मी भी गुड़िया की खुशी देखकर सोचने लगी, जब मैं पहली बार स्कूल गयी थी तो मुझे भी ऐसे ही खुशी हुई थी। "अच्छा जा तू तैयार हो जा मैं तेरे लिए पराठे बनाती हूँ।" मम्मी ने गुड़िया से कहा और रसोई में चली गयीं। चेतन नहाकर स्कूल यूनीफार्म पहनकर, कंघी से अपने छोटे-छोटे बाल संवारते हुए तैयार हो गया। फिर रसोई में आकर मम्मी से बोला "मम्मी रोटी ही बना दो, अचार से खा लेंगे। पराठे में तेल ज्यादा लगेंगे, तेल ज़ल्दी ख़त्म हो जायेगा।" मम्मी ने चेतन से कहा "नहीं बेटे अभी तेल है मैं पराठे बना देती हूं, तू जाके गुड़िया को तैयार कर ले।" चेतन चला गया। मम्मी सोचने लगी कैसे-कैसे दिन दिखा रहा है भगवान! मेरे बच्चों की ज़िद करने की उम्र में उन्हें इतना सोचना पड़ रहा है। सोचते-सोचते मम्मी की आंखो से आंसू टपक पड़े। छोटे-छोटे प्याज से थोड़े लाल करके कई पराठे बना डाले; लाल पराठे इसलिए क्योंकि उन्हें पता था कि मेरा चेतन लाल और कुरकुरे पराठे ही पसंद करता है।

कमरे की तरफ देखकर मम्मी ने चेतन से पूछा "बेटे क्या हुआ गुड़िया को नहलाया?" तभी चेतन ने उत्तर दिया "हां मम्मी।" जैसे मानो प्रतिक्षा ही कर रहा हो। पराठा कब तैयार होगा, कुरकुरे पराठे खाऊंगा। वह बहुत समझदार था पर था तो बच्चा ही, बच्चे का मन बड़ा चंचल और लालची होता है।

चेतन और गुड़िया ने एक-एक पराठा खाया और एक-एक लंचबॉक्स में रख कर वे स्कूल चले गये। स्कूल जाते वक्त गुड़िया इतनी खुश थी कि जैसे उसे दुनिया के सारे खिलौने मिल गये हों और अब उसे किसी दूसरी चीज़ की ज़रूरत ही न हो। चेतन बहुत खुश था। सभी बच्चों को दिखाकर कहता "बहन है मेरी, यहीं पढ़ेगी।" चेतन को दुनिया की सारी खुशियां आज मिल गयी थीं। उसे अपनी बहन पर बड़ा प्यार आ रहा था। गुड़िया को नर्सरी कक्षा में बिठाकर, वो

अपनी कक्षा में चला गया। गुड़िया अकेले होने पर पहले तो थोड़ा सा रोयी पर मैम के समझाने पर शांत होकर अपनी कक्षा में अगली बेंच पर बैठे बच्चों के साथ जिस पर वह बैठी थी, खेलने लगी। कुछ बच्चों की नयी किताबें आ गयी थीं, जिनकी खुशबू उसे बड़ी अच्छी लग रही थी। वैसे भी नयी किताबों में जो खुशबू होती है बड़ी प्यारी लगती है, बड़े-बड़ों का दिल भी नयी चीजों की खुशबू में मचल जाता है, वह तो बच्ची थी। वह सोच रही थी कि आज वह भी पापा से नयी कॉपी- किताब मंगवायेगी, फिर कल दिखायेगी सबको। छुट्टी हुयी। दोनों अपने घर गये, दोनों बहुत खुश थे। गुड़िया तो पापा के आने के इंतजार में बेचैन सी बार-बार दरवाज़ा देख रही थी। शाम को उसका इंतज़ार खत्म हुआ, पापा ने घर पर आते ही गुड़िया को गोद में उठा लिया। गुड़िया ने बड़ी ही मासूमियत और चंचलता के साथ पापा से कहा "पापा स्कूल बहुत अच्छा है, मेरी एक सहेली बनी है, रोशनी। रोशनी की किताबें बहुत महक रही थीं। पापा मेरे लिए भी नई किताब लाओ न।"

"हां बेटे लाऊंगा, तुम्हारी भी किताबें महकेंगी।" पापा ने गुड़िया को गोदी से उतारते हुए कहा। तभी दूर बैठा, चेतन बोला "नहीं पापा, गुड़िया के लिए नयी कॉपी ले आना और किताबें मैं अपने दोस्त की मंगवा दूंगा।"

"अच्छा और तुम्हारी ?" पापा ने चेतन से पूछा।

"मेरे लिए सिर्फ दो कॉपी साइन्स की लानी है जो एक तरफ़ सादी और दूसरी तरफ़ लाइनदार होती है और पुरानी किताबें मैंने अपने लिए भी एक भैया से मांग ली है।" उत्तर सुनकर पापा का हृदय द्रवित हो उठा, उन्होंने अपने लाडले को जी भर के देखा। देखते-देखते आंखों में आंसू की एक नदी सी भर आयी और एक पतली धारा आंख से निकलकर गालों से आती हुई शर्ट की कॉलर पर गिर रही थी। पापा को दुःख हो रहा था कि कैसी स्थिति आ गयी है; मेरा मासूम सा बच्चा आज इतनी बड़ी बात सोचता है। पापा ने चेतन से फिर पूछा "बेटा बाकी की कॉपियाँ तेरी कैसे पूरी होंगी।"

"पापा पिछले साल की पुरानी कापियों में जो पन्ने बच गये थे, उसमें से निकालकर नयी कॉपी बना ली, उससे तीन कॉपी तैयार हो गयी; बाकी चार कॉपी गुल्लू की पुरानी वाली मांग ली उसमें से दो बन गयी। बस पांच ही कॉपी का तो

काम था।'' पापा का मन आज बार-बार और तेज़–तेज़ रोना चाहता था। उनसे इस नन्हीं सी जान की इतनी समझदारी सही नहीं जा रही थी। पापा ने रुंधे हुए गले को संभालते हुए कहा ''बेटा जितनी कॉपियाँ लानी हैं, एक पर्चे में लिखकर जेब में डाल दो।

सब खाना खाकर सो गये, चेतन भी अपने पापा के पास ही लेटा था। पापा को नींद नहीं आ रही थी, आती भी कैसे! जब इतनी बातें जेहन में एक साथ खलबली मचाये हों। जैसे मानो दो-तीन नदियां एक साथ पहाड़ से तेज़ आवाज़ के साथ उतर रही हों। चेतन उठकर पापा का सर दबाने लगा। पापा ने उसे सीने से लगा लिया और दोनों सो गये।

आज चेतन ने गुड़िया के लिए पप्पू के छोटी बहन की किताबें मांग ली थीं। अभी प्रार्थना की घंटी नहीं बजी थी। सभी मित्र और चेतन आपस में बातें कर रहे थे। तभी चेतन का दोस्त चिन्टू आया और सबको अपनी ट्राउज़र की पैन्ट दिखाने लगा। एकदम नयी ख़रीदी थी, कल ही। चिन्टू का ट्राउज़र पैन्ट चेतन को बहुत पसन्द आ गया। चेतन का मन हुआ कि पापा से कहे मुझे भी ट्राउज़र पैन्ट लेनी है। पर तुरन्त ही सोचा पापा के पास इस वक़्त थोड़ी समस्या चल रही है कहना ठीक नहीं। छुट्टी हुयी। दोनों भाई-बहन घर आ गये।

चेतन ने मांगी हुयी किताबें गुड़िया को दी तो उसे ये किताबें पसन्द नहीं आयी क्योंकि इसमें नयी वाली महक़ जो नही थी। चेतन ने समझाया कि कॉपी नयी आयेगी तो उसमें महक़ मिल जायेगी। किसी तरह गुड़िया मान गयी। किसी काम के लिए चेतन की मम्मी ने आज आलमारी खोली थी, चेतन भी पास में खड़ा था। अचानक उसने दो पैन्ट देखी। झट से उठाकर पूछा ''मम्मी इसे पापा पहनते तो नहीं?''

''नहीं बेटे अब नहीं पहनते।'' कहकर मम्मी फिर कुछ ढूंढ़ने लगीं। चेतन बहुत खुश हो गया। उसके चेहरे का भाव देखकर लग रहा था जैसे बस मिल ही गया हो अपना ट्राउज़र का पैन्ट। चेतन ने दोनों पैन्ट ले जाकर बगल के सलीम दर्जी के यहां दे दिया।

''चाचा इसे मेरे नाप का बना दो और इसे ट्राउज़र स्टाइल का बनाना। चाचा क्या आज बना दोगे!''

“ठीक है शाम को ले जाना।” सलीम ने नाप लेकर उसे भेज दिया।

शाम होते ही चेतन सलीम के यहां से पैन्ट ले आया। पैण्ट बिल्कुल वैसी बनी थी जैसा वो चाहता था। उसे कहीं से भी पुरानी होने का मलाल न था। पापा भी शाम को कॉपी ले आये थे। कापियों में नयी वाली महक़ से खुश गुड़िया बार-बार कॉपी को सूंघ रही थी। सब लोग खाना खाकर लेट गये, पर आज तो नींद न चेतन को आ रही थी और न ही गुड़िया को। दोनों को सुबह का बेसब्री से इंतजार था। दोनों अपने साथियों को दिखाना चाहते थे। किसी तरह नींद आ ही गयी।

सुबह अभी स्कूल में प्रार्थना की घंटी नहीं बजी थी। चेतन ट्राउज़र पहनकर स्कूल आया था। सबको दिखा रहा था। गुड़िया भी रोशनी को अपनी कॉपी सुंघा रही थी। रोशनी ने कहा “तुम्हारी किताबे तो पुरानी हैं।”

गुड़िया ने उत्तर दिया “तो क्या हुआ ! अगले साल तो सब नया लाऊँगी।”

शाम को गुड़िया अपनी मम्मी के पास लेटी थी। बीच में मम्मी और दूसरी बगल चेतन भी लेटा था। गुड़िया ने मम्मी से पूछा “मम्मी टिंकी के पापा भी सरकारी मास्टर हैं, मेरे पापा भी, पर उनके पास गाड़ी है, नयी क़िताबें हैं, हमारे पापा के पास गाड़ी क्यूं नहीं हैं?”

मम्मी कुछ जवाब देती उससे पहले ही चेतन ने कहा “पापा की नौकरी का मुकदमा चल रहा है; पापा को पैसा कम मिलता है और सामाजिक खर्चा अधिक होता है।”

“ये मुक़दमा क्या होता है?” बड़ी हैरानी से गुड़िया ने पूछा।

मम्मी ने कहा “बड़ी हो जायेगी तब सब समझ जायेगी पर इतना समझ कि मुकदमा बड़ी ज़ालिम चीज़ होती है; उम्र भर झेलाती है ...पर बेटा सब ठीक हो जायेगा।” कहते-कहते मम्मी के आंखों में आंसू आ गये।”

गुड़िया ने मम्मी को देखकर कहा “अपनी भी ज़िन्दगी में खुशियों का पल आयेगा।” मम्मी ने अपने दोनों बच्चों को सीने से लगा लिया और चेतन बड़ा होकर सब सही कर देने का संकल्प लेते हुए कल्पना के गहरे सागर में उतर गया।

वेटिंग लिस्ट

शिव ने दौड़ते हुए इलाहाबाद रेल्वे स्टेशन के अंदर प्रवेश किया। प्लेटफार्म संख्या-1 के पहले वाले हॉल में भीड़ काफ़ी ज़्यादा थी। कई गाड़ियाँ लेट चल रही थी और लोग फ़र्श पर चादर बिछा कर आराम की मुद्रा में अपनी गाड़ियों का इंतज़ार कर रहे थे। कुछ लेटे थे, कुछ बैठे हुए थे, वहीं कुछ लोग अंदर से बाहर की ओर आ-जाकर सुन्दर कन्याओं को अपने प्रेमपूर्ण और कुछ ओछी नज़रों से निहार रहे थे। शिव ने हांफते हुए वेटिंग हॉल में प्रवेश किया और एक एटीएम आकार की मशीन के पास जाकर रुका, जहां पहले से कुछ लोग मौजूद थे और बार-बार अपने माथे का पसीना पोंछ रहे थे। शिव ने एक भाई साहब से हांफते हुए विनम्रता से पूछा "काम नहीं कर रहा है क्या?" भाई साहब इशारे में ही कुछ अस्पष्ट सा जवाब देते हुए आगे निकल गये। वह आगे बढ़कर मशीन के पास गया। मशीन की स्क्रीन पर अंगुलियों से टच करके विन्डो चेन्ज की और फिर अपना पीएनआर नम्बर उसमें अंकित करते हुए गेट स्टेटस को क्लिक किया। तभी मशीन को जैसे लकवा मार गया और मशीन वहीं की वहीं अटक गयी। वह निराशा के साथ दौड़ते हुए प्लेटफार्म एक पर पहुँचा। वेटिंग

चार्ट चिपक चुका था। वह आगे पहुंचकर शिवगंगा एक्सप्रेस के शयनयान सूची में अपना नाम ढूंढ़ने लगा, देखते-देखते नीचे से कुछ ऊपर उसका नाम मिला। उसके चेहरे पर एक चमक सी आयी परन्तु तत्काल ही वह चमक पुन; एक निराशा में बदल गयी। सीट कन्फर्म नहीं हुई थी। तिरालिस से अट्ठारह वेटिंग पर आकर अटक गयी थी। शिव को दिल्ली तक जाना था। बगैर कन्फर्म सीट के थोड़ी-सी परेशानी का डर हुआ। मगर समन्वय कुशल व्यक्ति होने के नाते, भविष्य के हालात का सामना करने को तैयार हो गया। गाड़ी आने में अभी बीस मिनट बाक़ी था। उसने सोचा कि जाकर थोड़ा हल्का हो ले। सो प्लेटफॉर्म से बाहर बने पेशाबघर में पहुंच गया। वहाँ नर्क का जीता जागता नमूना मौजूद था। किसी महाशय ने मल त्यागकर उसमें पानी भी नहीं डाला था, और बिल्कुल ही बगल में एक श्रीमती जी अपने अबोध शिशु को मल त्याग करवा रही थीं। कमाल की बात है कि वह शौचालय नहीं पेशाब घर था। शिव ने रूमाल से नाक बंद करके आंख़ को अलग दिशा में केन्द्रित किया और बड़े ही साहस के साथ मूत्र त्याग करके बाहर आया।

गाड़ी खटर-पटर आकर प्लेटफॉर्म पर रुकी। शिव वेटिंग टिकट के साथ शयनयान कक्ष में चढ़ गया। कम्पार्टमेंट में इधर-उधर चहलकदमी करने के बाद, एक लोअर बर्थ पर बैठ गया। अभी गाड़ी स्टेशन पर ही रुकी थी।

तय समय पर गाड़ी धीरे-धीरे प्लेटफॉर्म से बाहर होने लगी। कुछ लोग खाना-खा रहे थे, कुछ लोग खा चुके थे और कुछ लोग अपने-अपने बर्थ पर लेटने वाले थे। शिव चुपचाप उठकर दरवाज़े की तरफ़ गया। एक बंद दरवाजे के पास अख़बार बिछाकर बैठ गया। दरवाज़े में लगी खिड़की का शीशा टूटा हुआ था। आसमान साफ़-साफ़ दिखाई दे रहा था। उजली रात, साफ़ आसमान, गाड़ी की तेज़ रफ्तार एवं आसमान में चाँद का साथ-साथ चलना, उसके मिजाज को रुमानी कर रहा था।

कुछ देर में टी टी ई महोदय का प्रवेश हुआ। महोदय ने शिव से टिकट पूछा, जांच करने के बाद शिव को यहां न बैठने की हिदायत देते हुए अंदर चले गये। शिव ने भी अजीब सा मुंह बनाते हुए अख़बार समेटा और अंदर ही दो

लोअर बर्थ की सीट के बीच वाली फ़र्श पर सोने के लिए गया। वह जिस सीट के पास फर्श पर लेटा, वहां दोनों सीटों में से एक पर, अधेड़ उम्र की एक औरत थी और दूसरे सामने वाली पर अधेड़ उम्र का एक पुरुष लेटा हुआ था। पुरुष के ऊपर मिडिल बर्थ और उसके ऊपर अपर बर्थ था। जिस पर एक सुंदर युवती लेटी हुई थी। जैसे ही शिव वहां लेटा, अधेड़ उम्र की औरत ने मुंह बनाते हुए उसे वहां लेटने से मना कर दिया। पूछने पर एक घटिया-सी दलील में कहने लगी "आप कहीं और लेटिए न, जहां पुरुष ही हों, हम महिला हैं, न जाने कब कैसी अवस्था में रहें। आप जाइये यहां से"। इस घटिया दलील को सुनते ही, शिव तुनककर बोला "आपको अपनी अवस्था का ख्याल स्वयं रखना चाहिए और फिर आपको इन पुरुषों से कोई परेशानी नहीं है, जो इस केबिन के बर्थ पर हैं, आपको अपनी अवस्था के देख लेने का डर सिर्फ फ़र्श पर लेटे हुए मुझ बीस साल के लड़के से ही है?" उसने अपना अख़बार एक बार फिर समेट लिया। वह वापस दरवाज़े की तरफ़ जाने लगा। तभी ऊपर लेटी हुई सुन्दर युवती ने उसे रोका और अपनी सीट पर बैठने का आग्रह किया। शिव ने एक बार उसे देखा। चेहरे पर कृतज्ञता का भाव लिए आग्रह स्वीकार किया। अब तक गाड़ी कानपुर सेंट्रल पहुँच चुकी थी। शिव ने युवती से कहा "कोल्डड्रिंक लेकर आता हूं फिर बैठता हूं"।

शिव युवती के साथ उसके बर्थ पर बैठ गया। उसने कोल्डड्रिंक बढ़ाते हुए औपचारिकता की। युवती ने बड़ी ही सज्जनता से मना कर दिया और अपने बर्थ पर किनारे खिसक कर मोबाइल फोन में कुछ करने लगी। शिव थोड़ा अन्यमनस्क भाव से कोल्डड्रिंक पीता रहा और बीच-बीच में उसकी तरफ़ भी देख लेता था। गाड़ी बहुत तेज़ रफ्तार से दिल्ली को छूने को बेताब थी। रात पूरे शबाब पर थी। कम्पार्टमेंट के लगभग लोग बत्तियां बुझा कर सो चुके थे। शिव के मन में एक अनजाना सा एहसास उत्पन्न हो रहा था। वो कोई राग था या कवित्त, वह पहचान नहीं सका। ऐसा नहीं था कि कभी उसने किसी लड़की के साथ रात नहीं बितायी थी पर ह्रदय में कभी ऐसा आनन्द उत्पन्न हुआ ही नहीं था। वह इन्हीं ख्यालों में डूबा हुआ था कि युवती ने कहा "आप थोड़ा किनारे खिसककर बैठ जाइये, मैं अब सोना चाहती हूं।" युवती उसके तरफ़ पाँव करके

लेट गयी। मानव मन बड़ा चंचल होता है। ख़ासकर तब जब एक ही सीट पर दो विपरीत लिंग के नौजवान बैठे हों।

युवती का पाँव, उसके पाँव में छूने से मात्र एक अंगुल बचा रह गया था। शिव उसके पाँव को बड़ी गहन दृष्टि से देख रहा था। सुन्दर गेहुंआ रंग महसूस करने में कोमल भी होगा। शिव थोड़ा-सा हिल-डुल कर अपने पाँव को उसके पाँव में स्पर्श होने देना चाहता था। युवती सोने लगी, काफ़ी कश-म-कश के बाद वह अपने इरादे में सफल हुआ। उसका पाँव युवती के पाँव से स्पर्श हो गया। शिव का मन मगन हो गया। तेज़ रफ़्तार से दौड़ती हुयी गाड़ी से भी तेज़ उसका मन दौड़ने लगा। अधिकांशतः ऐसे नवीन उम्र के लोगों में एक विरोधाभासी स्वाभाव पाया जाता है कि ये अतिप्रेमी ह्रदय के होते हैं, जैसे ही कहीं कोई सुन्दर कन्या दिखती है, इनके प्रेम की लहरें हिलोरे मारने लगती हैं। फिर भी इस उम्र के लोग लड़ाई जैसे अपराध में ज्यादा संलिप्त पाये जाते हैं।

अब शिव सोती हुई युवती के चेहरे को देख रहा था, जो चमकते हुए भी अंधेरा होने के कारण अस्पष्ट था। सोचते-सोचते उसे अचानक एक डर का अनुभव हुआ "कहीं मैं चरित्रहीनता की ओर तो नहीं बढ़ रहा हूँ और मेरे चेहरे से ऐसा दिखता हो! इसीलिए आंटी ने मुझे वहां बैठने से मना किया हो! अरे नहीं! मैं जानता हूँ, मैं ऐसा नहीं हूँ।"

दौड़ते-दौड़ते गाड़ी गाजियाबाद पहुंच चुकी थी। सुबह तड़के का पहर था। युवती को नींद बहुत गहरी आ रही थी। अमूमन इस पहर नींद गहरी आती ही है। वह उठ बैठी। शिव अचानक सहम गया। युवती कुछ पल चेहरे पर अजीब सा भाव लेकर इधर-उधर देखती रही। उसकी आंखे भी टिपटिपा रही थीं। खुलती बंद होती आंखो को देख कर शिव आनन्दित हो उठा। वह साक्षात सुंदरता की प्रतिमूर्ति को देखकर आनन्द विभोर हो रहा था। युवती सहसा मुड़कर फिर लेट गयी और अब उसका सिर, पालथी अवस्था में बैठे हुए शिव के पैरों से सटा हुआ था। शिव को एक अलग तरह के आनन्द की अनुभूति हो रही थी। जिसमें कामुकता थी या नहीं? कहना मुश्किल है परन्तु शिव का ह्रदय उसे प्रेम की प्रबलता ही समझ रहा था। शिव के इलाहाबाद से दिल्ली की यात्रा के दौरान,

उसके हृदय में आज कुछ ऐसा उत्पन्न हो रहा था, जो इससे पहले उसके साथ कभी नहीं हुआ था।

गाड़ी दिल्ली में प्रवेश कर चुकी थी। अचानक युवती फिर उठी, उसने शिव को देखा और शर्माते हुए अपने नींदपूर्ण बेहोशी पर मुस्कराते हुए अपनी सीट पर किनारे खिसककर बैठ गयी। शिव ने कहा गाड़ी नई दिल्ली पहुंचने वाली है। युवती के चेहरे पर भी स्वीकृति का भाव दिखा। गाड़ी नई दिल्ली रेलवे स्टेशन पर आकर खड़ी हो गयी। सभी यात्री उतरने लगे। वे भी उतरे। वो बिना किसी औपचारिकता किये अजमेरी गेट की तरफ़ जाने वाले रास्ते पर चल पड़ी। शिव इस प्रेम मूर्ति को देखता रहा। उसका ध्यान टूटा जब किसी ने बगल हटने का आग्रह किया। वह हटा, फिर अचानक दौड़ते हुए उस रास्ते पर गया। परन्तु युवती कहीं दिखायी न दी। वो अपनी इस बेवकूफी पर मुस्कराया फिर घर के लिए निकल पड़ा।

***

शिव का सबसे ख़ास और पुराना मित्र आज अपनी कम्पनी के काम से दिल्ली आ रहा था। स्टेशन पर खड़े होकर शिव भीड़ को आते जाते देख रहा था। लेकिन उसका मित्र जॉली कहीं दिखाई नहीं पड़ा। उसने अपने जेब से फ़ोन निकाला कि कॉल करे उसे, तभी सामने से जॉली झूमता हुआ आता दिखाई दिया। दोनों ने दूर से ही एक खूबसूरत मुस्कान के साथ अपने पुनर्मिलन की ख़ुशी जताई। जॉली सामने आया दोनों मित्रों ने गले लगकर जबरदस्त प्रेम प्रदर्शित किया। दोनों एक दूसरे के घनिष्ठ मित्र थे। दोनों ने एक साथ ही दस साल पहले एम.एन.एन.आई.टी. (इलाहाबाद) से बी. टेक किया था। अब वे अलग-अलग कम्पनी में जॉब कर रहे थे।

बाहर शिव की कार पार्क थी। शिव ने कार निकाली, जॉली बैठ गया। कार पार्किंग से बाहर होकर सड़क पर आ गयी। अगल-बगल से गाड़ियां फर्र-फर्र निकल रहीं थीं। दोनों मित्र एक दूसरे से इंजीनियरिंग स्टूडेंट से इंजीनियर बनने तक तय किये हुए सफर के बारे में बात कर रहे थे। जॉली ने बताया की हम आज

पूरे सात साल बाद मिल रहे हैं। रास्ते भर में उन्होंने अपनी समस्त उपलब्धियों के बारे में बात कर ली। वे किस पद पर हैं? उन्हें जॉब करने में कितना मज़ा आ रहा है, आदि। फिर भी उनकी बातें ख़त्म होने का नाम ही नहीं ले रही थीं। किसी बात पर जॉली को लगा कि शिव जॉब में रुचि नहीं ले रहा है। तो उसने पूछा - "यार तू अपने ऑफिस से खुश नहीं है क्या?"

"नहीं ऐसा कुछ नहीं है, एव्रीथिंग इज फाइन, बट यू नो यार... साला ज़िन्दगी में मजा नहीं आ रहा है...।"

"क्यूं भाई? इतनी बड़ी कम्पनी में काम मिल गया, तू इतना बड़ा इन्जीनियर बना, कार खरीद ली, अपना पर्सनल घर खरीद लिया, अब क्या परेशानी है तुझे?"

"भाई मैने बहुत तरक़्क़ी कर ली, इतना सब कुछ हासिल कर लिया, शादी हुयी, अच्छी सर्पोटिंग बीवी मिली, सब कुछ है फिर भी पता नहीं क्यों मज़ा नहीं आ रहा है..."

"अरे हां यार! भाभी कैसी है?"

"मस्त है... बढ़िया।"

"प्यार करती है तुझे?"

"बहुत यार... दो साल शादी को हो गये हमारे, पर हमें दिली शिकायत कभी एक-दूसरे से नहीं हुयी; मेरी हर बात का ख्याल रखती है, बहुत प्यार करता हूं उसे।"

दोनों अपने ख्यालों में खोये अपने गन्तव्य की तरफ़ बढ़ रहे थे। दोनों अपनी पुरानी यादों में डूबे हुए थे। शिव कार भी सामान्य गति में ही चला रहा था। अचानक बगल से एक डीटीसी बस तेज़ रफ्तार में निकली, जॉली का ध्यान भंग हो गया। दोनों ने एक बार फिर अपने कॉलेज के क़िस्सों को याद किया और ज़रूरत के अनुसार हँसे तथा गंभीर हुए।

तभी अचानक उचकते हुए जॉली बोल पड़ा "अबे भाई! तुझसे एक बात

पूछना तो मैं भूल ही गया था!'' शिव उत्सुक हो गया उस बात को सुनने के लिए। जॉली ने पूछा ''भाई तुझे वो ट्रेन वाली लड़की फिर कभी मिली या नहीं?'' सुनकर शिव की धड़कनें बढ़ गयीं। शिव के सामने वह खूबसूरत दिन घूमने लगा, चेहरा तो याद नहीं था उस युवती का, पर बातें सारी याद थीं। खूबसूरत मुस्कान चेहरे पर अठखेलियां करने लगी। अचानक फ़िज़ा में रंग आ गया था। जॉली ने शिव के जीवन का वो तार छेड़ दिया था, जिससे उसका पूरी शरीर संगीतमय हो उठा था।

शिव कार की स्टेयरिंग थामे हुए बोला ''भाई मैंने उसे लगातार तीन सालों तक ढूंढ़ा; जब भी इलाहाबाद से दिल्ली आता, स्टेशन पर उसी गाड़ी का इंतज़ार करने जाता था। काश! वो आयी हो...।, मैंने उसे ढूंढने के और भी कई तरीक़े अपनाये, पर...।'' जॉली बड़े ध्यान से शिव की बातों को सुन रहा था, शिव कार को दाहिने मोड़ते हुए बोला ''भाई मैं उसे दिल्ली में हर संभावित स्थान पर ढूंढता रहा...।''

''फिर क्या हुआ वो मिली?''

''मैं बहुत बदकिस्मत था,भाई। उसके बाद वो आज तक मुझे नहीं मिली। न जाने कहां होगी! उसकी भी शादी हो चुकी होगी! बच्चे होंगे...शायद!''

''पर ऐसा भी तो हो सकता है कि दिखी हो कहीं पर तू पहचान न सका हो!''

''हाँ हो सकता है, क्यूंकि किसी का चेहरा याद रखने के लिए कुछ घंटों का साथ पर्याप्त नहीं है। ये बात अलग है कि क्षण भर में ही उस व्यक्ति को ज़िन्दगी भर याद रखा जा सकता है। ख़ैर जो भी हो तीन साल बाद मेरा बी.टेक. फाइनल हुआ। मैं तमिलनाडु जॉब करने चला गया, दो साल जॉब के बाद पापा ने मेरे लिए लड़की देखी और मैंने शादी कर ली। फिर दिल्ली आ गया। तब से यही हूँ। पर आज भी ट्रेन वाली बहुत याद आती है। तुझे पता है, एक बार मैं उससे मिलना चाहता हूं। मुझे उससे किसी प्रकार का कुछ स्वार्थ नहीं है। यहाँ तक कि मैं उसे बताना भी नहीं चाहता। बस उसके चेहरे को सूर्य की रोशनी में देखना चाहता हूं, ताकि आजीवन उसे याद रख सकूं; मन ही मन उसकी आराधना कर

सकूँ। बस इतनी सी बात है जो कि मेरे लिए बहुत बड़ी बात है, तुम चाहो तो इसे मेरा स्वार्थ कह सकते हो।''

''भाभी को ये बात बतायी तूने?''

''पागल है क्या! आरती को बताऊंगा?'' शिव कार रोकते हुए बोला'' उतर घर आ गया।''

भाई तेरा घर तो वाकई बहुत बड़ा है। जॉली चकित भाव से पूरे घर को निहार रहा था। आरती ने जॉली का अभिवादन किया। आरती का व्यवहार देखकर वह समझ गया कि ये लोग मेरा इंतज़ार कर रहे थे। घर वालों ने जॉली की जमकर खातिरदारी की। थोड़ी देर बाद जब आरती इन दोनों से अलग हुयी तब मौके का फायदा उठाकर शिव ने पूछा'' कैसी लगी भाभी ... मतलब मेरी नहीं तेरी भाभी।''

''हां भाई, मस्त हैं यार, अब तू भूल जा उस ट्रेन वाली को वरना मैं...। ''

शिव ने दौड़कर जॉली के मुंह पर हाथ रख दिया ''अबे चुप! आरती सुन लेगी तो तूफान खड़ा हो जायेगा। मैं इसे बहुत प्यार करता हूं भाई; मुझे आरती से शादी करके बहुत आत्मसंतुष्टि और प्यार मिला है। कैसे समझाऊं तुझे आरती के लिए मेरे प्यार में कोई कमी नहीं है, बस उस लड़की से एक बार मिलने की इच्छा है जो तुझसे कह दी। पता नहीं क्यों, पर है।'' जॉली बेड पर लुढ़क गया। शिव भी बेड पर पड़ गया। कुछ समय बाद आरती भी वहां आई। तीनों बातें करने लगे।

सभी लोग रात के खाने के लिए डाइनिंग टेबल पर बैठे थे, आरती थी, शिव की मां थी, जॉली था, शिव का छोटा भाई और शिव था। आरती ने शिव से जॉली की स्पेशल डिश पूछकर बनाया था। सब खा रहे थे और बातें कर रहे थे। जॉली को मज़ाक सूझा उसने शिव के छोटे भाई से पूछा ''तूने कभी किसी वेटिंग टिकट वाले को लिफ्ट दी है?'' भाई ने जवाब दिया ''किनारे तो बैठने न देता मैं, लिफ्ट तो देना दूर है।'' शिव को जॉली के इस मज़ाक पर हैरानी हो रही थी और डर भी लग रहा था। शिव बार-बार उसे घूरे जा रहा था, पर वो कहां मानने वाला

था। उसने मां जी से भी यही सवाल पूछा, मां ने फिर कभी बताऊंगी कहकर टाल दिया। फिर उसने तो मज़ाक की हद ही कर दी। उसने कहा "भाभी आपने?"

आरती ने साधारण उत्तर दिया "हां एक-दो बार ...।"

"कभी कोई यात्रा यादगार?"

"नहीं कुछ ख़ास नहीं।"

"याद कर लीजिये, मेरे पास एक यादगार कहानी है, पर भैया की इजाजत के बग़ैर बता नहीं सकता! हाँ अगर आप की कोई यात्रा यादगार हो तो बताइये, प्लीज!"

"मेरी तो नहीं है ... पर आप बताइये न!"

"मैं तो मज़ाक कर रहा था।"

ये सब सुनकर शिव को क्रोध आ रहा था। उसके चेहरे की हवाइयां उड़ चुकी थीं। सब शांत होकर खाना खाने लगे। शिव खुश हुआ, चलो बला टली। जॉली ने सब्ज़ी अपने तरफ बढ़ाने को कहा। आरती ने बढ़ाते हुए मुस्करा दिया और कहने लगी ऐसे ही एक बार की बात है, मैं बनारस से लौट रही थी, शिवगंगा एक्सप्रेस से। ट्रेन इलाहाबाद पहुंची, मेरे ही कम्पार्टमेण्ट में एक लड़का चढ़ा, उसके पास वेटिंग टिकट था। लड़का न्यूजपेपर डालकर नीचे वाली सीट के पास लेट गया, तभी एक आण्टी ने उसे डांटना शुरू कर दिया...।"

आरती अपनी बात कहे जा रही थी। जॉली और शिव की नज़र एक-दूसरे से मिली।

आरती ने बात ज़ारी रखी "वो बेचारा वहां से उठकर अलग जाने लगा, मैने अपनी सीट उसे शेयर करने को कहा...।" आरती बताये जा रही थी। हूबहू वही बात। शिव का कान जैसे सुन्न हो चुका था। उसे बस यही सुनाई दिया "पूछने पर मैंने उसे गलत नाम बता दिया था, ज्योति। मुझे मन ही मन क्रोध आने लगा, फिर ऐसे ही कुछ था मुझे ठीक से याद भी नहीं है। मैंने उसे फटकार लगायी थी

किसी बात पर ये याद है।''

शिव ने कहा ''गलत नाम?''

''हाँ...क्यों क्या हुआ?''

''नहीं कुछ नहीं ... फिर?''

''फिर क्या उसके बाद कुछ नहीं। लेकिन उन दिनों ये घटना अक्सर याद आ जाती थी और मैं खूब हंसती थी।''

''याद तो आना ही था। इश्क़ जो हुआ था।'' शिव कहते हुए अवाक जॉली के तरफ मुड़ा। आरती का चेहरा, अचानक ही उस धुंधले चेहरे से मिलने लगा था। जिसे आज के दस साल पहले शिव ने अस्पष्ट देखा था, जिसकी याद उसकी आदत बन चुकी थी, जिसका चेहरा उसे भूल चुका था। वही आज पांच सालों से शिव की बीवी बनकर रह रही थी और शिव को पता भी नहीं था। शिव के मन में खुशी थी, आश्चर्य था, ईश्वर के लिए धन्यवाद था और कुदरत के इस खूबसूरत इत्तेफ़ाक पर अविश्वास था। कुदरत ने उसे उसका सच्चा प्यार बिना बताये तोहफे में दे दिया था। शिव की आंख प्यार से भर आयी, आरती ने शिव की आंखों को देखा, बोली ''अरे आप रो क्यूं रहे हो?''

जॉली कुछ कहता इससे पहले ही शिव ने कहा ''वह लड़का मैं हूँ और जानेमन मुझे तुमसे उस रात सच्चा वाला प्यार हो गया था। आपको तब से आज तक मैं ढूंढ रहा था। मुझे क्या पता था तुम यहीं ...''

ये सुनकर आरती की आंखे भर आयी और नारियों की आदत के अनुसार उसने सवाल कर दिया ''तो तुम मुझे प्यार नहीं करते थे, तुम मेरे उस चेहरे को ढूंढ़ रहे थे?'' सभी हंस पड़े और शिव ने सबके सामने ही इस कमाल के पुर्नमिलन पर खुश होकर, आरती को गले लगा लिया। आरती ने कहा ''सच्ची! मुझे विश्वास नहीं हो रहा है और तुम्हारा चेहरा भी मुझे याद नहीं है उस समय का!''

19

राजनीति

ग्राम पंचायत चुनाव की तारीख़ निर्धारित होते ही भोलू सिंह के द्वार पर भीड़ लग गयी। शाम का समय था। ग्राम सभा के राजनैतिक रूप से जागरूक लोग एकत्रित थे। भोलू सिंह अभी क्षेत्र भ्रमण से वापस घर पहुंचे नहीं थे। भोलू सिंह के छोटे भाई लल्लू सिंह ही अपने चहेते वोटरों से साभार मुलाकात कर रहे थे। कई बार चाय आयी। लोग पीते, अपना-अपना विचार रखते, कोई भइया के देर से आने की बात कहते हुए, अंधेरा हो जाने की दुहाई देता और खुद का घर पहुंचना अति अनिवार्य बताते हुए वहां से चला जाता। लोगों के आने-जाने का सिलसिला यूँ ही चल रहा था कि भोलू सिंह की मोटर साइकिल द्वार पर रुकी, द्वार पर बैठे लोगों में हलचल हुई। भोलू सिंह मोटर साइकिल से उतरकर बैठे हुए लोगों के पास पहुंचे। सिंह के परिवार का एक लड़का कुर्सी लेकर आया। सिंह बैठ गये। उन्होंने कुछ ब्राह्मण साथियों को प्रणाम किया। वहां बैठे कुछ लोगों ने उन्हें भी प्रणाम किया। बैठे हुए लोगों में जमुना तिवारी भी थे। जमुना तिवारी उठे; भोलू सिंह के करीब आकर बैठ गये।

लड़के के हाथ से पानी से भरा गिलास लेकर भोलू सिंह बोले - ''तिवारी

भइया मामला बहुत गड़बड़ हो गया है''

''का हुआ, माना नहीं वो!''

''नहीं माना भइया; मंत्री जी के कहने पर भी बैठने को तैयार नहीं हुआ।''

''अरे तो चिंता छोड़िये उ ससुर कितना वोट काटेगा!''

''अरे नहीं ...!''

कहते हुए भोलू सिंह हल्का मुस्कराये। गिलास को पुनः लड़के के हाथ में थमाया। बैठे हुए लोगों के बीच में तीस वर्षीय पवन भी बैठा था। वह बोल पड़ा ''अरे माने तो माने ससुर, नहीं तो कहिए लठिया दिया जाये...''

उसकी बात सुनकर कई लोग उसे डांटने लगे। राजिन्दर यादव ने कहा ''हल्के में न लो भइया उसे, पिछले तीन साल से लौण्डे ने ऐड़ी चोटी का ज़ोर लगा दिया है... हर जाति और ख़ासकर महिलाओं में उसने ज़बरदस्त पकड़ बना ली है... सोच समझकर चुनाव लड़ना होगा वरना बड़ी दिक्कत हो जायेगी।''

सुनीत तिवारी के चुनाव में खड़े होने से भोलू सिंह के परिवार एवं समर्थकों में चिन्ता की लहर दौड़ पड़ी थी। पिछले बीस वर्ष के कार्यकाल में चार चुनाव लड़े थे, भोलू सिंह ने। चारों में कभी इतना नहीं सोचना पड़ा था, बस मज़े-मज़े में चुनाव जीत लिया था। इस बार पिछले तीन साल से सुनीत तिवारी प्रधानी चुनाव की पृष्ठ भूमि बना रहा था। वह सत्ताईस वर्ष का अविवाहित लड़का, अपने व्यक्तिगत व्यवहार के दम पर मतदाताओं के हृदय में जगह बनाने में कामयाब हो रहा था। यही दुश्चिंता भोलू सिंह एवं उनके समर्थकों को रात दिन खाये जा रही थी। भोलू सिंह के घर में कोई भी ऐसा युवक नहीं था जो सुनीत तिवारी के जवाब में खड़ा किया जा सके। भोलू सिंह खड़े होते तो युवाओं को उसके तरफ़ जाने से रोक न सकते, अन्य किसी को लड़ाते तो युवा कुछ आ भी जाते मगर अन्य वर्ग के आने की सम्भावना ख़त्म हो जाती। इन्हीं सब मुद्दों पर देर रात तक मंथन चलता रहा। अंत तक जब यह तय न हो सका कि नामांकन किसके नाम कराया जाये, तब भोलू सिंह ने दूसरे दिन बताने को कहकर सभा को समाप्त कर दी।

सुनीत तिवारी दिन-रात अपनी दावेदारी को सशक्त करने के प्रयास में लगा था। लोगों से जा-जाकर मिलता, नये लड़के को चुनने के लिए लोगों को प्रेरित करता, हर जाति के लोगों को बराबर समय और सम्मान देता था। उसकी वाक-पटुता एवं उसका आकर्षक व्यक्तित्व लोगों को प्रभावित करता था। वहीं इतनी कम उम्र में ऐसी प्रसिद्धि और ऐसे सम्मान से कुछ लोग उससे जलते भी थे। उसने चुनाव के लिए ज़बरदस्त माहौल बना लिया था।

सुनीत के पिता जो कुछ दिन पहले तक उसके राजनीति में आने से उससे नाराज़ थे, अब कहने लगे "तेरे इंजीनियरिंग नौकरी से तो यही अच्छा... राजनीति में युवाओं का आना बहुत ज़रूरी है।"

फिज़ा ऐसी बनी थी कि जहां हर बार चुनाव में दस-दस उम्मीदवार खड़े होते थे, इस बार सुनीत और भोलू के सिवा कोई और चुनाव में खड़ा ही नहीं हुआ। युवा तो पूरे जोश और उत्साह के साथ नामांकन वाले दिन का इंतज़ार कर रहे थे।

नामांकन हुआ। कुछ दिन पश्चात् दोनों उम्मीदवारों को चुनाव चिन्ह निर्धारित हुआ। सुनीत तिवारी को चुनाव चिन्ह "इमली" और विपक्षी को चुनाव चिन्ह "कैमरा" मिला। दोनों उम्मीदवारों के पोस्टर-पर्चे छप गये। गली-गली दीवारों पर पर्चे चिपकाये जाने लगे। प्रचार ने ज़ोर पकड़ लिया। सुनीत तिवारी ने हाथ जोड़कर तस्वीर खिंचवाई थी, वही पर्चे में छपवाया था।

सुबह-सुबह सुनीत तैयार होकर, ग्राम देवी "काली माई" के स्थान पर माथा टेकने के लिए निकला। उसने अपनी मोटर साइकिल निकाली। घर से बाहर हुआ तो पड़ोसी के घर की दीवार पर चिपका हुआ विरोधी उम्मीदवार का पर्चा देखकर वह हैरान हो गया। उसके चेहरे की रंगत बदल गयी। उसने देखा कि जो पर्चा दीवार में चिपका था उसमें भोलू सिंह हाथ जोड़े हुए थे, साथ में एक नवयुवती की तस्वीर भी छपी थी। पर्चे में लिखा था *ग्राम सभा "लवली प्रेमनगर" से जुझारू, कर्मठ एवं युवा प्रत्याशी, आप सभी ग्रामवासियों के प्रिय प्रधान भोलू सिंह की बहू "राधा सिंह को चुनाव चिन्ह "कैमरा" पर मोहर लगाकर भारी मतों से विजयी बनायें।"*

राधा सिंह की तस्वीर देखते ही सुनीत स्तब्ध हो गया। वह उस तस्वीर को घूरता रहा।

***

इंजीनियरिंग कॉलेज के खेल परिसर में कुछ इंजिनियरिंग छात्र खेल रहे थे, कुछ बैठे थे, कुछ अभी बिल्कुल नये-नये आये थे। नये-नये आये हुए छात्रों में सुनीत तिवारी भी था। सुनीत ने कॉलेज में बहुत जल्द ही जान-पहचान बढ़ा ली थी। वह कॉलेज का होनहार छात्र था। हर गतिविधि में बढ़-चढ़कर हिस्सा लेता था। लड़कियां जल्द ही सुनीत की दीवानी हो गयीं। वह लड़कियों से मस्ती भी करता और बड़े अदब से पेश भी आता था। कॉलेज में सिर्फ एक ही लड़की थी जिसे सुनीत दिल से पसंद करता था। कई महीनों की कोशिश पर तो वह उस लड़की का नाम पूछ सका था। लड़की ने अपना नाम "राधा सिंह" बताया था। पता लगाने पर पता चला कि सुनीत के गृह जनपद में ही था, उस लड़की का घर। जब दूसरे वर्ष के प्रथम सेमेस्टर की परिक्षा में राधा सिंह के हाथ में चोट लगी थी तब सुनीत ने ही उसका पर्चा हल किया था, वह भी अपना प्रश्न पत्र अधूरा छोड़कर। सेमेस्टर परीक्षा परिणाम घोषित हुआ तब राधा तो उत्तीर्ण हो गयी थी किन्तु सुनीत का सेमेस्टर बैक आ गया था। वह सेमेस्टर बैक राधा के ह्रदय में सुनीत के प्रेम-बीज अंकुरण का कारण बना था। धीरे-धीरे अंकुरित प्रेम पौधा बना, फिर वृक्ष। दोनों के प्रेम की चर्चा हर छात्र की जुबान पर थी। अन्तिम वर्ष में इन दोनों को कॉलेज के लिए "कपल ऑफ़ द इयर" भी चुना गया था। कॉलेज से निकलने के बाद दोनों जॉब करने लगे थे। दो साल जॉब करने के बाद, जब सुनीत ने जॉब छोड़कर गांव वापस जाने का फैसला किया था तो राधा ने इस पर अपनी असहमति जताई थी। राधा के मना करने पर भी जब वह नहीं माना तो राधा ने अपने भविष्य और परिवार की दुहाई देकर उससे अलग होने का फैसला कर लिया था। सुनीत के गांव वापस जाने के दो-तीन वर्ष बाद तक राधा जॉब करती रही थी। सुनीत ने गांव में राजनैतिक भविष्य की शुरूआत कर दी थी। लेकिन वह राधा के अलग होने से दुखी भी रहता था। राधा भी उसे खुद से अलग नहीं करना चाहती थी, किन्तु उसे भली भांति ज्ञात था कि एक तो अंतरजातीय विवाह, ऊपर से सुनीत के इंजीनियर की नौकरी छोड़ देने से उसके

पिता विवाह के लिए कदापि तैयार नहीं होंगे। कुछ वर्ष राधा के नौकरी करने के बाद, राधा के पिता ने "लवली प्रेमनगर" के ग्राम प्रधान भोलू सिंह के बेटे सागर सिंह से राधा के विवाह की बात चलायी थी। एक चार पहिया वाहन, पांच लाख नकद एवं अन्य तामझाम तथा राधा के नौकरी छोड़ देने की शर्त पर विवाह तय हो गया था। राधा के इंकार करने पर भी उसे नौकरी छोड़नी पड़ी थी, और उसका विवाह हो गया था। अपने ही गांव में राधा का विवाह होने से सुनीत और भी दुखी हुआ था। दोनों ने अब अपने रिश्ते को कभी जुबान पर न लाने की कसम खायी थी। तब से लेकर अब तक उन दोनों में न बातचीत हुई थी और न ही कोई मुलाकात।

सुनीत पर्चे में छपी हुई राधा सिंह के तस्वीर को कुछ देर देखता रहा और भोलू सिंह के इस निर्णय से असमंजस में पड़ गया। वह लाख कोशिशों के बावजूद यह समझने में असमर्थ था कि राधा को लड़ाने के पीछे भोलू का क्या मकसद है।

राधा के चुनाव मैदान में आ जाने से सुनीत चुनाव के लिए ज़ोरदार प्रयास करने में डगमगा रहा था। उसका आत्मविश्वास कमज़ोर पड़ रहा था। उसके इस रवैये से उसके समर्थकों में अविश्वास फैल रहा था। कुछ लोग सुनीत को छोड़कर भोलू सिंह के खेमे में चले गये। ख़ासकर युवतियां राधा सिंह को पसंद करने लगीं जबकि अभी राधा सिंह का सिर्फ नाम चुनाव मैदान में आया था, वह प्रत्यक्ष रुप से अभी नहीं आयी थी।

भोलू सिंह और सागर सिंह के खूब मान-मनौती के बाद भी राधा अपने प्रेमी के खिलाफ चुनाव मैदान में उतरने से मना कर रही थी। भोलू सिंह तो जान-बूझकर उसे, मात्र इसलिए मैदान में उतारना चाहते थे क्योंकि उन्हें पता था कि राधा और सुनीत के बीच पूर्व में क्या रिश्ता था, और उन्हें यह भी भरोसा था कि राधा की वजह से, सुनीत पूरी तरह चुनाव में सक्रिय नहीं हो सकेगा और उसके समर्थकों का विश्वास भोलू के पाले में आ जायेगा। जब लोग भोलू सिंह से चुनावी रणनीति पर चर्चा करते थे, तो वे राधा सिंह को वहां ज़रूर बैठाते थे। इसके पीछे उनकी सोच थी कि यदि राधा सभी चर्चाओं में बैठने लगी तो उसका मन राजनीति में लगने लगेगा और प्रसिद्धि एवं कुर्सी की चाह उसे ज़ोरदार तरीके

से चुनाव लड़ने के लिए प्रेरित करेगी। भोलू सिंह अनुभवी खिलाड़ी होने की वजह से अच्छी तरह जानते थे कि इस खेल से उसी व्यक्ति को रुचि नहीं, जो इस खेल से सरोकार नहीं रखता। जिसने एक बार जुड़ाव किया, वह राजनीति के प्रेम में पड़ने से खुद को रोक नहीं सकता। भोलू सिंह के यहां युवतियां आतीं तो वह उन्हें सीधा राधा से ही बात करवाते थे, राधा भी धीरे-धीरे रुचि लेने लगी। महिलाओं की समस्या ने राधा सिंह के मन में राजनैतिक हसरत पैदा कर दी। अब राधा सिंह ने घर-घर जाकर लोगों से मिलना शुरू कर दिया। वह पूरी तरह चुनाव मैदान में सक्रिय हो गयी।

सुनीत तिवारी के इस क़दर कमज़ोर पड़ जाने से मतदाता भोलू सिंह की तरफ़ रुख करने ही लगे थे। अब वोट मांगने पर जवाब भी देने लगे। लोगों के बहुत समझाने पर सुनीत की तन्द्रा टूटी, वह पुनः सक्रीय हुआ किन्तु उसे कोई कारण नहीं मिल रहा था जिसकी वजह से वह राधा को अपने हृदय से प्रतिद्वंद्वी समझ सके और उस पर ज़ोरदार पलटवार कर सके।

राधा ने जब राजनीति की कमान संभाली तब चमत्कारिक परिवर्तन देखने को मिला। जो जनता अब तक सुनीत के ही जीत का ढिंढोरा पीट रही थी, वही अब राधा सिंह को गांव का भविष्य बताने लगी। भोलू सिंह और राधा सिंह ने पुरवा-पुरवा से अपने पक्ष के संभावित मतों का आंकड़ा लगाना शुरू किया। तत्कालीन दृश्य को देखते हुए लगता था कि अभी कांटे की टक्कर है। पवन ने कहा "चाचा यदि अहिरन पुरवा का अस्सी प्रतिशत वोट हमें मिले तो चुनाव अपने हाथ में ही समझिये।"

"अरे वहां से दस प्रतिशत वोट मिलने के आसार नहीं दिखाई दे रहे हैं, तुम अस्सी प्रतिशत की बात कर रहे हो ! ये नहीं हो सकता !"

"कोशिश किया जाये तो असंभव नहीं है। बप्पा...!" भोलूसिंह को टोकते हुए राधा बोली और आगे कहा "अब हमारा ध्यान अधिक से अधिक वहीं होना चाहिए... वहां जो पर्चे चिपकाये जायें उसमें मेरे नाम के आगे इंजीनियर लगाया जाए... यानी इं0 राधा सिंह लिखा जाये और वहां की पढ़ी-लिखी लड़कियों पर पकड़ बनानी होगी... बप्पा आप पता कीजिए अहिरन पुरवा की किसी लड़की का विरोधी पक्ष के किसी लड़के से नया या पुराना कोई विवाद है!"

“अरे बच्ची पता क्या करना है... हुआ था, संजय यादव की बेटी का बलात्कार हुआ था। सुनीत के मित्र बबलू जायसवाल ने ही यह काण्ड किया था।”

“क्या हुआ इस मामले में?”

“होना क्या था सुनीत ने गांववालों के सामने बबलू को जमकर पीटा था, माफी मंगवायी थी और उस लड़की का विवाह, चन्दा इकट्ठा कर बबलू के ही साथ करवा दिया था, बस तब से गांव वाले उसे भगवान मान बैठे।”

“भगवान मान बैठे तो क्या हुआ, खुद में दम हो तो लोगों से भगवान में भी दोष निकलवाया जा सकता है। आप लोग बस एक घर को अपने तरफ कीजिये बाकी खुद ब खुद आयेंगे।”

कहते हुए राधा सिंह अन्दर चली गयी। भोलू सिंह बहू की ऐसी राजनैतिक समझ पर गदगद हो गये। पवन को अहिरनपुरवा पर ध्यान देने को कहा और गांव घूमने चले गये।

राजनीति में मुर्दे की भी अच्छी कीमत होती है, यदि बेचने वाला सही वक़्त की पहचान करना जानता हो। अहिरनपुरवा में सुनीत का सबसे बड़ा जनाधार था। लेकिन दो दिन पहले यादव की एक लड़की को किसी ब्राह्मण लड़के ने छेड़ दिया। कहते हैं यह छेड़ने वाले ने राधा सिंह के कहने पर ऐसा किया था। लेकिन भोलू सिंह और राधा सिंह ने मिलकर ऐसा माहौल तैयार किया कि उस गांव में यादव बनाम ब्राहम्ण हो गया। सुनीत का लगभग दो सौ वोट एक बार में ही चला गया। सुनीत, राधा सिंह के इस हमले से तड़प उठा। उसे राधा सिंह से ऐसी आशा न थी। जिस राधा का विरोध न करने की वजह से सुनीत के तमाम मतदाता भोलू सिंह के खेमे में चले गये थे, वही राधा सिंह महत्त्वाकांक्षी होकर उस पर छेड़-छाड़ के लिए अपने समर्थक को उकसाने का आरोप लगा रही थी। सुनीत ने निश्चय कर लिया कि वह अब राधा सिंह को चुनाव हरा कर ही रहेगा। उसने ज़ोर शोर से अहिरनपुरवा में ब्राह्मणों का बचाव किया और छेड़ने वाले राधा सिंह समर्थक ब्राह्मण को बिरादरी से अलग-थलग करने की कोशिश की, परन्तु वह इसमें कामयाब न हो सका। उसने एक शाम अपने समर्थकों को बुलाकर

संभावित मतों की जोड़-गांठ शुरू की। निष्कर्ष में उसने कहा "हम चुनाव हार रहें हैं; लगभग अस्सी वोटों से चुनाव हार रहे हैं। अब एक ही उपाय बचा है, भोलू सिंह के रैदासपुरवा वाले वोट में किसी तरह सेंध लगाना। यदि ऐसा हुआ तो लगभग चार सौ हरिजनों का वोट हमारे खाते में आयेगा।"

"लेकिन वह गाँव तो भोलू सिंह का हमेशा से साथी रहा है, वहां दाल नहीं गलेगी।"

"अच्छा दाब और उचित ताप दिया जाये तो सब दाल गलती है।" कहकर सुनीत किसी से फ़ोन पर बात करने लगा।

सुनीत तिवारी अहिरन पुरवा वाले काण्ड से बहुत दुखी था। उसने जीत को ही अपना एकमात्र लक्ष्य तय कर दिया। सुनीत ने पूरे ग्राम सभा में हल्ला करवा दिया कि भोलू सिंह ने उसे धमकी दी थी कि यदि वह चुनाव लड़ेगा तो भोलू सिंह उसे जान से मरवा देगें। इसलिए सुनीत डर गया था, लेकिन अब चाहे मरे-जिन्दा रहे, जब तक रहेगा सिर्फ आप लोगों के लिए लड़ता रहेगा। उसके इस तरह प्रचार करने से जनता के हृदय में उसके लिए पुनः जगह बनने लगी। काफी मेहनत और जोड़-तोड़ के बाद रैदासपुर में ज़मीन के विवाद को लेकर दो प्रभावशाली व्यक्तियों को लड़ा सका। इस आपसी रंजिश ने रैदासपुर को दो भागों में बांट दिया। "दुखी रैदास" के नेतृत्व वाले लोग सुनीत के समर्थन में आ गये और "शिवभगवान रैगर" के समर्थक भोलू सिंह के पास ही रहे। सुनीत को जो नुकसान अहिरनपुरवा से हुआ था उसकी भरपाई रैदासपुर से हो गयी। चुनाव फिर कांटे की टक्कर पर आकर अटक गया। पूरे गांव, चौराहे, चौपालों पर अपने-अपने हिसाब से विश्लेषण होने लगा। कोई यह नहीं बता सका कि जीत किसकी होगी। भोलू सिंह ने रुपये बांटने की कोशिश की तो हर जगह सुनीत के समर्थकों ने रखवाली की। कहीं भी भोलू सिंह को रुपये देने नहीं दिया।

मतदान का दिन आया। सुबह से ही दोनों पक्षों के समर्थक दौड़ भागकर मतदाताओं को मतदान केन्द्र तक लाते रहे। पुलिस की गश्त लगातार होती रही। दो-चार बार झगड़े जैसी स्थिति भी आई परन्तु गांव वालों ने इसे टाल दिया। कुछ फर्जी वोट इधर से भी पड़े, कुछ उधर से भी, इसलिए कोई बड़ा विवाद नहीं हुआ।

मतदान के बाद स्थिति पूरी तरह से अस्पष्ट थी। लोग बस मतगणना का इंतज़ार कर रहे थे। हर तरफ़ अब लोग अपने-अपने हिसाब से मत गिनते और आंकड़ा लगाते। किसी ने भोलू सिंह से बहू को लड़ाने का कारण पूछा तो भोलू सिंह वहां से फोन पर बतियाते हुए उठकर चले गये। किसी ने चुटकी लेते हुए, सुनीत तिवारी और राधा सिंह के सम्बन्ध के बारे में बताया, किन्तु चुप रहने का आग्रह किया। यह प्रकरण सुनकर पूछने वाला आदमी राजनीति के गन्दे खेल को समझने लगा और उसने कहा "अच्छे लोगों को राजनीति में नहीं आना चाहिए, क्योंकि काजल की कोठरी में कितनो ही सयानों जाए, एक लीक काजल की लागि है पय लागि है।"

वहीं बैठे दूसरे व्यक्ति ने कहा, "भइया अब वक्त आ गया है कि पढ़े-लिखे और अच्छे लोगों को राजनीति में आना चाहिए ताकि गंदगी साफ़ हो सके, क्योंकि कहते हैं चन्दन विष व्यापत नहीं लिपटे रहत भुजंग।"

मतगणना का दिन आया। दोनों पक्षों के समर्थक मतगणना केन्द्र पर उपस्थित हुए। मतों की गणना शुरू हो गयी। शुरू में ही राधा सिंह ने सत्तर वोट से बढ़त बना ली। सबने कहा चुनाव अब राधा सिंह जीत जायेंगी। वहीं किसी ने कहा "अहिरनपुरवा और अपना गांव मिलाकर राधा सिंह मात्र सत्तर वोट से आगे चल रहीं हैं, अभी जब सुनीत के गांव का और रैदासपुर की पेटी खुलेगी तब राधा सिंह पीछे हो जायेंगी।" ऐसा ही हुआ। रैदासपुर ने सुनीत को दस वोट से बढ़त दे दी। काफ़ी देर तक सुनीत आगे चलता रहा। फिर केवटपुरा की पेटी खुली तो भोलू सिंह ने फोन कर राधा सिंह को मतगणना केन्द्र आने को कहा और मंत्री जी को भी बुला लिया। जब तक मंत्री जी आये दोनों उम्मीदवार दो-चार वोट से आगे पीछे होते रहे। अन्तिम पेटी की गणना के बाद दो मतों से सुनीत को विजयी घोषित किया जाना था लेकिन भोलू सिंह ने री-काउंटिग की अपील कर दी। मतगणना पुनः शुरू हुयी। मंत्री जी के कहने पर मुख्य मतगणना अधिकारी ने तीन मतपत्र ग़ायब कर दिया। यह तीनों मत पत्र सुनीत तिवारी के पक्ष का था। भोलू सिंह खुश हुए। सुनीत तिवारी मतगणना में गड़बड़ी होने का हल्ला करने लगा मंत्री जी ने डांटा तो निराशापूर्वक चुप हो गया। अन्तिम फैसला जब आया तो पता चला कि एक वोट से सुनीत तिवारी पुनः विजयी हुए। मंत्री जी यह

आंकड़ा समझ न सके। उन्होने भोलू सिंह को प्रमाण पत्र राधा सिंह के नाम ही बनवाने का आश्वासन दिया और चले गये। जनता में खुशी दौड़ गयी। सुनीत तिवारी के समर्थक नाचने गाने लगे। एक-दूसरे को माला पहनाने का दौर चल पड़ा। राधा सिंह वहां आयी। सुनीत तिवारी भी प्रमाण पत्र लेने गये। मंत्री जी के दबाव में आकर प्रमाण-पत्र दूसरे दिन मिलने की बात कहकर दोनों पक्षों को लौटा दिया। सुनीत तिवारी बाहर निकल रहे थे तब उस अधिकारी ने बधाई दी, जिसने अपने अन्दर की आवाज़ सुनकर, मंत्री जी के कहने पर मुख्य मतगणना अधिकारी के द्वारा तीन मत पत्र हटाने के बाद, भोलू सिंह का दो मत पत्र ग़ायब कर दिया था, जिसकी वजह से सुनीत को पुनः एक वोट से जीत मिली थी। सुनीत ने जब यह बात जानी तो अधिकारी का करबद्ध होकर सम्मान किया और सदैव कृतज्ञ रहने की बात कहते हुए बाहर चला गया। सुनीत का ग्रामवासियों ने माल्यार्पण कर स्वागत किया। मन्दिर-मस्जिद में पूजा-सज़दा करते हुए वह अपने गांव पंहुचा। जो साथ थे वे भी, जो नहीं थे वे भी साथ होने की बात करने लगे। सुनीत ने सबको साथ माना। सबको सम्मान दिया।

सुनीत के चुनाव आयोग को लिखे पत्र की वजह से आयोग ने मामले को संज्ञान में लिया, जिस वजह से प्रमाण पत्र सुनीत तिवारी के नाम ही बना। प्रमाण पत्र लेकर जा रहे सुनीत को जब राधा दिखी तो वह पास जाकर बोला "मांग लिया होता तो जान दे देता, प्रधानी क्या चीज है।"

"तो अगली बार मेरे सामने चुनाव न लड़ना, जान नहीं प्रधानी मांग रही हूं, देखती हूँ तुम्हारी बातों में कितना दम है।" राधा सिंह ने कहा। भोलू सिंह अपनी बहू की दूरदर्शिता पर मुग्ध हो गए।

"भाइयों ये औरत तो राजनीति की पक्की खिलाड़ी निकली।" कहते हुए सुनीत तिवारी (ग्राम-प्रधान लवली प्रेमनगर) अपने समर्थकों के साथ गांव के लिए निकल पड़ा।

मिस्टर आशिक

सुबह-सुबह मौसी जी जैक को अपने घर देखकर हैरान हो गयीं। मौसी जी जैक को देखे जा रही थीं, कयास लगाने में कल्पना के किसी गहरे सागर में उतरती जा रही थीं। तभी मौसी जी की तन्द्रा टूटी। मौसी जी ने देखा जैक उनके पैरों पर झुककर उन्हें प्रणाम कर रहा है। "खुश रहो, जैक आज इतनी सुबह-सुबह मौसी को कैसे याद कर लिया?" जैक के सिर पर हाथ रखते हुए मौसी जी ने सवाल ठोंक दिया।

जैक ने बड़े खूबसूरत अन्दाज में उत्तर देते हुए कहा- "क्यूँ, मौसी की याद आये तो सुबह-सुबह नहीं आया जा सकता?"

"बिल्कुल आया जा सकता है, अच्छा जा घर में सीमा से बोल चाय बनाये, मैं अभी आ रही हूँ।" मौसी ने जैक को आज्ञा दिया।

जैक पीछे मुड़कर घर के अन्दर प्रवेश कर गया, परन्तु मौसी जी ठहरी अनुभवी और अपनी जवानी में रंगमिजाज भी; उन्होंने जैक की आँखों को पढ़ लिया, बात कुछ हद तक तो समझ में आ गयी थी, किन्तु कुछ संशय भी था।

मौसी जी ने सोचा दाल में कुछ काला है या फिर पूरी दाल काली है। जैक का इतने सुबह-सुबह मुझे याद करना इस कालेपन का पक्का सबूत है। सोचते-सोचते मौसी जी तुलसी स्नान कराने लगीं।''

''सीमा चाय ला इधर, मौसी जी का इन्तजार मत कर।''

''जैक ने अपनी बहन सीमा से चाय माँगा और टी0 वी0 ऑन करके बैठ गया।

लेकिन सीमा को तो भइया की आशिकी का पता ही था, सो सीमा ने चुटकी ली ''क्यूँ मेरे प्यारे भाई साहब, आप अपने मौसी जी की याद में सुबह-सुबह यहां आ सकते है, दस किलोमीटर से तो दस-पाँच मिनट अपनी मौसी का इन्तजार नहीं कर सकते?''

''नहीं कर सकता, आई मीन याद आयी तो चला आया, इसका मतलब ये तो नहीं अब मौसी के लिए निर्जला व्रत रखूंगा।''

जैक की बात सुनकर सीमा ने सवालों के गुलदस्ते से एक सवाल फिर निकालकर फेंका, ''अपनी मौसी के लिए नहीं, लेकिन अपनी फिजा के लिए तो रखोगे न!''

''मैं नहीं रखूंगा, व..वो क्य.... क्या मतलब है तुम्हारा ये फिजा कौन है?'' जैक ने बात बनाने की कोशिश की, मगर चेहरा तो दिल का आइना होता है; दिल की सारी तस्वीरों को हू-ब-हू उकेर देता है, बस पढ़ने वाला होना चाहिए।

सीमा भी थी बड़ी हाजिर जवाब और भाई-भक्त भी; झट से कहा- ''फिजा वही है जिसके बारें में आप रात को फोन पर मुझसे पूछ रहे थे, जिसका नाम दिन-रात का भजन बन गया... मेरे प्यारे भइया का उसी को भूलने का नाटक।''

''जैक दौड़कर सीमा के पास पहुँच गया, होंठों पर उँगली रखते हुए बोला ''चुप-चुप मौसी सुन लेंगी तो... अच्छा ये बता वो तेरे घर में आती है कि नहीं?''

''आती थी पर कल मेरी मम्मी और उसकी मम्मी की लड़ाई हो गयी, अब नहीं आयेगी।'' सीमा मन ही मन मुस्करा रही थी। भइया का चेहरा पढ़ने में बड़ा

मजा आ रहा था। मन कर रहा था, भइया के धड़कते हुए हृदय को पूरी सीमा तक धड़काये, पर सीमा को पता था कि हृदय की धड़कनों के धड़कने की भी एक सीमा होती है और सीमा धड़कनों की सीमा को नहीं छूना चाहती थी; शायद किसी अनहोनी के डर से फिर भी कुछ हलचल मचने ही देना चाहती थी।

जैक ये सुनकर निराश हो गया, राह में आते वक्त की या फिर कल रात की कल्पना को अपने ही आंखों से टूटते हुए देख रहा था। मानो जैक के सबसे प्रिय बर्मिंघम पैलेस पर कोई बुल्डोजर चला रहा हो; हालांकि बर्मिंघम पैलेस भी जैक के कल्पना में ही है। अपनी सभी कल्पनाओं की तरह ही अपनी पंसदीदा इमारत को भी उसने आज तक देखा नहीं है। आना व्यर्थ हो गया।

दस किलोमीटर आने में पेट्रोल, इतना समय और मौसी जी का शक अलग से, हिसाब लगाते हुए सीमा को फटकार लगायी कि कल रात में जब फिजा के बारे में सब कुछ बता रही थी, तो झगड़े वाली बात नहीं बता सकती थी और फिर झगड़े में गलती भी मौसी की ही होगी। मौसी के प्रति सुबह-सुबह जो प्रेम उमड़ा था न जाने कहां काफूर हो गया था। जैक सीमा को फटकार लगा ही रहा था कि डोर बेल बजी। जरूर मौसी जी होंगी सोचकर जैक उदासीन रहा।

सीमा ने जाकर दरवाजा खोला। दरवाजे पर खड़े शख्स को देखकर जैक अवाक रह गया। सुन्दरता की प्रतिमूर्ति, कमल-नयनी, मनमोहिनी, चारुस्मृता, जैक की फिजा दरवाजे से अन्दर की ओर प्रवेश कर रही थी। फिजा का कदम जैसे ही अन्दर आया जैक की कल्पना का संसार सजीव हो उठा।

जैक फिजा को अपनी सुन्दर दुल्हनिया के रुप में देख रहा था, जो आज जैक के साथ सात फेरे लेकर आयी थी। फिजा अन्दर आयी, पीछे से मौसी जी का भी आगमन हुआ, जैक अन्यमनस्क हो गया, परन्तु मौसी जी का अनुभव उन्हें हर वक्त महान बनाता था। मौसी जी दूसरे कमरे में चली गयीं।

जैक को उस दिन की याद आयी, जब फिजा के घर वाले मौसी जी के पड़ोस में रहने आये थे और जैक को सुन्दरता की देवी का दीदार हुआ था। जैक और फिजा आमने-सामने बैठे। सीमा चाय बनाने चली गयी। जैक, फिजा को जी भर के निहार रहा था, फिजा भी नजर मिलाती थी लेकिन शरमा जाती थी।

जैक ने कुशल क्षेम पूछा, बातें बन्द हो गई थीं, बातें तो बहुत करना चाहता था जैक, पर शुरूआत नहीं हो पा रही थी। आकर्षण में इतनी हड़बड़ी होती है कि मन हर बात को बिना देर किए एक साथ व्यक्त कर देना चाहता है। डरता है कि हर बात महत्त्वपूर्ण है, कोई बात अनजाने में छूट न जाये और परिणामतः शुरूआत विलम्बकारी होती है।

सीमा चाय लेकर आयी और साथ में बैठ गयी। फिजा ने चाय का प्याला अपने होंठों पर लगाया तो जैक के हृदय में हलचल सी हो गयी। जैक के होठों से बार-बार आ रहा था कि आई लव यू फिजा, लेकिन इस फिजा का यानी इस प्यारे माहौल को वो किसी भी कारण बोझिल नहीं बनाना चाहता था, सो उसने नहीं कहा। चाय खत्म हुयी।

फिजा ने अपने मेडिकल कॉलेज वापस जाने की बात बताकर सबसे विदा ले लिया। जैक का दिल जोरों से धड़क रहा था। उसके जाने का मीठा सा दर्द हो रहा था।

सात महीने बीत गये, आज फिजा गर्मी की छुट्टी बिताने घर आने वाली थी। इन सात महीनों को जैक ने कैसे बिताया ये सिर्फ तीन लोगों को पता था; एक जैक दूसरी सीमा और तीसरा भगवान। इतने फास्ट जमाने में फेसबुक और फोन के बिना कोई कॉन्टेक्ट किए कोई लड़का एक लड़की की याद में सात महीने कैसे बिताता है, बहुत दिलचस्प बात थी।

आज सीमा और जैक दोनों खुश थे। हालांकि सीमा कहीं-कहीं ये भी सोचती थी कि जैक, फिजा दोनों में विवाह कैसे होगा, फिर भी तब की तब सोचेंगे कहके टाल रहे थे। अभी तो बस इसलिए खुश थे कि आज जैक अपनी फिजा से अपने मोहब्बत का इजहार करेगा और फिर दोनों को मिलने के लिए किसी भी बाहरी जैक की जरूरत नहीं होगी, सिर्फ मोह से भरपूर फिजा होगी, जिसमें इतनी मोहब्बत होगी कि, उस मोहब्बत की कोई सीमा नहीं होगी।

जैक सोच रहा था कि साथ बैठूंगा, के0एफ0सी0 और पी0वी0आर0

जाऊंगा, मैं उसमें डूब जाऊंगा और फिर अपनी सात महीनों की कहानी बताऊंगा। जैक फिर अल सुबह मौसी के घर पहुंच गया। मौसी फिर हैरान थी, मगर पता लगाने में कोई दिलचस्पी नहीं ले रही थी, जैक सीमा के पास गया, कुछ देर आराम के बाद फिजा के दीदार के लिए सीमा से सिफारिश करने लगा। सीमा ने अभी कुछ देर इंतजार का आश्वासन दिया।

तभी डोर बेल बजी, खूबसूरती साक्षात जैक के सामने थी, फिजा ने सीमा से हाय हैलो किया, फिर जैक की तरफ रुख करके कहा- "ये कौन है?"

सवाल सुनकर सीमा हैरान हो गई।

जैक पर तो जैसे बिजली ही टूट पड़ी, फिर भी खुद को संभाला।

सीमा ने बोला ये जैक है।

"कौन जैक?" फिजा ने पूछा।

"मेरी मौसी का..."

"अच्छा-अच्छा हाउ आर यू जैक?" फिजा ने हाथ बढ़ाया,

जैक समझ नहीं पा रहा था, हाउ इज ही।

फिजा ने जैक के बगैर उत्तर की प्रतीक्षा किये, सीमा को एक तस्वीर दिखाकर कहा- देख सीमा ये लड़का एम.बी.बी.एस. में मेरा सीनियर है; मैं इसे बहुत प्यार करती हूँ।

सुनकर सीमा के आंसू निकल पड़े परन्तु जैक की आँखें सूख चुकी थीं। जैक की कल्पना मशीन को किसी ने रिसेट करके जीरो पर ला दिया था। बनावटी मुस्कराहट चेहरे पर लाते हुए जैक ने सीमा से कहा- "तू रो मत इसकी तरह तेरी भी शादी होगी और जल्दी ही होगी।"

"सुनकर फिजा हंस पड़ी और बोली "शादी के लिए रोती है।"

"हां पागल जो है", कहते हुए जैक कमरे से बाहर चला गया।

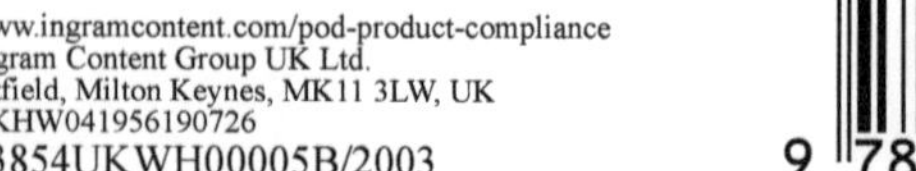

www.ingramcontent.com/pod-product-compliance
Ingram Content Group UK Ltd.
Pitfield, Milton Keynes, MK11 3LW, UK
UKHW041956190726
13854UKWH00005B/2003

9 789386 027368